だいわ文庫

人生を肴に

ほろ酔い百話

太田和彦

大和書房

おもしろいこともあった
つらいこともあった
機嫌よく大笑いしたことも
しみじみ思い出したことも
いろいろあった、百の話

人生を肴に　ほろ酔い百話　目次

I　人生を肴に

今年で七十七歳になった。喜寿《きじゅ》だ。

わが人生に酒が離れることはなかった。

学生時代はカネがなく、本格的に飲み始めたのは、入社した会社の先輩と通った銀座の居酒屋「樽平《たるへい》」からだ。お前はどう思うと問われて考えを述べ、続く先輩の言葉を聞き、論を交わし、少しくだけると噂話、バカ話、失敗談で笑って互いを知ってゆく。酒とはなんと良いものか。

社会に出ると、人との付き合い席には必ず酒があった。酒はこれから親しくなろうという挨拶《あいさつ》代わりであり、心を裸にして話すための潤滑油《じゅんかつゆ》であり、決意を込めて切り出すための勢い付けであり、失意の友を慰《なぐさ》める心であり、失敗の悔しさを流し去る手段であり、まことに酒というものは人を育てる必需品だった。

その時期も過ぎると酒自体が目的化し始め、そのために居酒屋に入るようになった。

話題はなんでもよく、というか話題はいらなく、関心は目の前にある酒に。その味を云々《うんぬん》し、産地を探り、合う肴はなどと言い始める。

さらにそれも常態化すると、その場所たる居酒屋に興味がわき、もはや誰かと飲むのもやめて一人で入るようになり、やがて未知の居酒屋を求めて日本中を歩き始めた。

そこで知ったものは大きかった。居酒屋は土地の歴史や風土、気質をじつに反映している。以降ライフワークとなって本も山ほど書き、テレビのルポ番組まで始めた。

五十年におよぶながい酒との付き合いも、この頃は年齢もあって、家飲みが増えた。晩酌だ。その盃を重ねるうちに、家飲みには外飲みとは違う別の世界があると気づいた。外飲みであれば机には注文した肴が並ぶが、家飲みの机に置かれた肴は、自分のそれまで過ごしてきた人生だったのだ。

助けた亀に連れられた浦島太郎は、竜宮城で乙姫様と、月日のたつのも忘れて夢のうちを過ごして帰り、もらった玉手箱を開けると、一瞬の煙に老人になった。

深夜、家で独酌しながら、その玉手箱を開けてみよう。

わが人生の肴は、酸いか、甘いか、辛いか、苦いか、それとも……。

2　ビール

私の一日は、朝、自宅から歩いて十五分ほどの仕事場に向かい、夜九時頃まで仕事。本日終了の頭休めに棚のレコードを引っ張り出してしばらく聴き、神棚に手を合わせ、明かりを消し、鍵を締めてご帰還《きかん》となる。

風呂を浴びて浴衣《ゆかた》に着替え、冷蔵庫からビールロング缶を一本出し、机の専用盆に置くと晩酌の始まりだ。ビールはヱビス（ゴールド缶）、ヱビスプレミアムエール（青缶）、キリンスプリングバレー（赤缶）がつねにケースで買ってあり、新製品が出ると必ず試すが、最近は季節限定ばかりでなかなか常備に昇格しない。

肴は冷蔵庫にハム、チーズなど専用のコーナーがあり自分で適当に出していたが、一年前、永年勤続を終えて退職した妻が何か作ってくれるようになった。それを記録したノート「小料理いづみ　お献立帖」は二冊目になったとか。

今日は〈手作りワンタン・きゅうりもみ・カツオ叩き〉で言うことなし。ワンタンは皮が大切で「富強食品《ふきょうしょくひん》」のに限るとか。きゅうりもみは細切り塩昆布が混ざってつまみになり、カツオ叩きはサクから切った刺身を、青い大葉を下敷した皿に並べ、ニンニクスライスを貼り付けてぽん酢をまわし、さらし玉葱《たまねぎ》を山のようにかけた本格四万十《しまんと》式で、三十分後くらいが食べ頃だ。一日の最良の時間はじまりはじまり。

プシ。ビールの味は注ぎ方で決まる。松徳硝子《しょうとくがらす》製のうすはりグラスに細くゆっくり注いで盛大に泡を立て、やがて静まって、泡対ビールが三対七になったら飲み頃だ。

キュー……。

その日最初のビールのうまいことよ。このために生きている。

妻は飲まないが、ビールは一緒に行ったチェコで味に目覚め、たまにほんの小さなグラスに一杯だけ口にすることがあり、ピルスナー好みとか。

そして何やらお話しするけれど、ぼんやり聞いているのでよく叱られる。「この前、言ったでしょ！」「すみません、忘れました」。さわらぬ神にたたり無し。でもちゃんと聞かなくちゃ。妻の高齢の母はとうにお寝《やす》み。そのうち妻も自室に入り、こちらは一人になった。さてもう少し飲もう。

3 日本酒

ビールを終えてからはすべて一人でやる日本酒タイムだ。

まず自室の一升瓶棚から本日の酒を選び、専用箪笥《だんす》の徳利《とくり》およそ五十本、盃百個から、その日の酒に合うものを選ぶ。徳利は細口か太口か、派手《はで》か粋《いき》か、ガラス徳利もたまにはいい。盃は平盃か深盃か。無地か柄か、絵か書か。今日の信州地酒「勢正宗《いきおいまさむね》」は爽やかな力強さだから、徳利は紺の細身縞《しま》柄、盃は藍《あい》染め付けの浅盃にしよう。

次いで台所のガス台にお燗《かん》専用の琺瑯《ほうろう》ポットを乗せ、酒を満たした錫《すず》ちろり（角野卓《かどのたく》造《ぞう》さんからいただいた京都清課堂《せいかどう》製）を首まで湯に沈め温度計を挿《さ》す。上燗四十五度だな。その三分間ほどは決してその場を離れてはならず温度計を睨《にら》んでいる。やがて取り上げ、布巾《ふきん》で尻を拭き、机に運ぶ。「これでよし」となって、錫ちろりから徳利に注ぎ、徳利から盃に注ぐ。

ツイー……うまいのう。

一升瓶↓錫ちろり↓徳利↓盃、と何度も注ぎ替えるのは空気を含ませて酒を軽くするため。徳利を振るのもよい。さてここで妻の用意してくれた〈カツオ叩き〉が出番となる。大きな一切れに玉葱をたっぷりのせてがぶり。……たまりまへんな。

「勝手にシロ！」と怒るなかれ、このために今日一日があったのだから。この時間になると椅子にあぐら座り、歳とったらこうなる。

そうして何をしているか。テレビ観ない、新聞見ない、音楽聴かない、スマホ持っていない。一意《いちい》、酒と肴だけに専念。もったいなくて他のことなどできない。物音ひとつないシンとした室内で無念無想《むねんむそう》状態になる。

雑念をはらって静かな気持ちになるのは座禅の境地か。私は酒の力を借りて座禅しているのか。それならそれでいいじゃないか。死んでしまえば雑念も何もあったものではない。しからば毎晩、死の境地、彼岸《ひがん》に達しているわけか。おもしろい。ではもう一本と燗をつけに立ち、腕組みして適温を待つ。

「適温を待つ」これは生き方の極意かもしれない。一人で焦るよりも……。

何を考えているかわからなくなってきた。もう片づけて寝よう。

4　質素な日

今書いたのはわりあい豪華な晩酌で、いつもこうはゆかず、妻もお出かけで忙しく、母に支度した夕飯おかずの残りの日もある。でも不満はない。質素な肴で飲んでこそ毎日の晩酌だ。なれば常備品の出番。三種の神器《じんぎ》は、海苔《のり》、しらす、かまぼこ。

〈海苔〉は一枚をはさみで八つに切り、切り口を縦に醤油をちょんとつける。大切なのは海苔だけは贅沢して、巻寿司に使うような厚く香り高い最上等を選ぶこと。海苔ってうまいものだなあと、つまんだのを見直したりする。佐賀産がベストだが、このところ不漁らしく心配だ。

〈しらす〉はほんわかしてとても便利。大葉みじん切りと和えると白と緑が美しく、そこに醤油三滴はもう立派な一品料理だ。軽く干した〈じゃこ〉も指つまみにいい。京都の〈ちりめん山椒〉があれば言うことなし。

〈かまぼこ〉は魚気があって便利なもの。これに故郷松本「小口《おぐち》わさび店」の〝日本一〟

の〈わさび漬〉がつけばもはや贅沢だ。しかしかまぼこ・板わさはあまり高級品が流通しないのが不思議だ。値段がよければおいしく、本場小田原には一本・三七四二円のもある。二〇〇〇円までは許します。厚く切るのが肝要《かんよう》。

三種に加える有力な援軍は〈魚卵〉ですな。酒の肴にぴたり。たらこ、かずのこ、すじこ、がベストスリーか。これも値段で、高ければ正直においしい。

役立つのは〈佃煮〉。私は谷中《やなか》の「中野屋」が気に入りで、あさり、小海老は定番。チーズも重宝《ちょうほう》。雪印北海道6Pチーズの銀紙をむき、海苔を巻けば「雛《ひな》チーズ」の出来上がり。可愛いです。国産プロセスチーズは味噌漬けにするとまたよし。

後は〈たくあん〉。指でつまんでぽりぽりやってれば、これで充分の気分がわく。みな簡単に手に入るが、料理料理したものよりも、酒の味を強調してうまくする。

最後の仕上げは乾きもの。〈ピーナッツ入り柿の種〉で、もちろん新潟「亀田」がベスト。松本駅で買った柿の種〈信州限定　八幡屋礒五郎《やわたやいそごろう》七味唐からし味〉は良かった。

「すみません、何もなくて」。いやいや、本当の酒飲みはこういうものでいいんだと言うと「じゃ作らなくていいのね」となるので黙っていよう。

5 たらこ

困ったときのたらこ、困らなくてもたらこ。たらこほど便利なものはない。俳優の小《お》沢《ざわ》昭一《しょういち》さんは「さあ今日は」という日は、上等のたらこを買い、炊き立ての白いご飯で存分に食べると書き、私もすぐ真似したくなった。まさに最強の組み合わせだ。

一杯やるときは生もいいが、軽く焼くと、外はちょい焦げて粒は白く堅く、中は真っ赤な生のままのが、焦げ香に噛み心地もつき、全くたまらず、酒のいや進むこと。昼の弁当に妻に作ってもらう海苔巻おにぎり小三個は、かつお節、梅干、そして生たらこが定番で、これに熱いお茶があれば昼飯完了だ。

しかも安い。基本が安いから最上等を買う。値段の高いものは、ぐんにゃりし過ぎず粒々に凛《りん》と新鮮な覇気《はき》があり、そのまま主役だ。高級品は塩分控えめで、たらこのうまさが濃く感じるのは、新鮮さの維持が条件ゆえの値段でもあろう。

また定番は〈たらこスパゲティ〉だ。温めたボウルにバターたっぷりとほぐしたたらこを用意しておき、茹《ゆ》で上がったパスタを投入して混ぜるだけ。皿に盛って刻み海苔をかければ出来上がり。作り立ての熱いうちが命で、できたその場で立ったまま食べたくなるくらいだ。ちなみに作家の椎名誠《しいなまこと》さんはバターだけのパスタが好きで、たらこを入れるとうまいと進言《しんげん》したら「それは贅沢だ」と言われてしまった。

スケトウダラの卵巣を塩漬けした生たらこを、唐辛子などで味つけしたのが「辛子明太子」だ。もうずいぶん昔、大学に入って東京に出てきたばかりの頃これを知り、故郷松本の父に土産《みやげ》に持って帰ると、「うまいものだなあ」と目を細めてくれた。

発祥は福岡。これもいろいろあり、東京でながく勤めた知人が、故郷福岡に戻り、それではと、ベスト辛子明太子を探し求めて結論づけた店のを送ってもらったが、辛過ぎず、生たらこのうまみを存分に生かした風味はさすがだった。また送ってくれないかなあ、待ってます。

たらこの魅力は真っ赤な色にあり、たまに着色料不使用などもあるがやはりおいしくなさそうだ。一対二腹の一腹を小口切りして大葉の小皿に置くだけ。

どうです、今夜いかがですか。

6　父に一礼

七十七歳。この年齢になると、深夜、盃を傾けて思い浮かべるのは幼い頃だ。

私が生まれたのは昭和二十一年三月三日。戸籍出生地は「中華民国北京市《ぺきんし》　西郊区西《せいこうくせい》苑操坊《えんそうぼう》　日僑《にっきょう》西苑集中所」、つまり敗戦後の中国北京の日本人収容所。

元中国軍兵舎だった二階建て収容所は二つあり、大きな方の西苑集中所は一万人の日本人でふくれ上がった。始まった本土引き揚げ船の乗船順が大問題で、母は叔父の世話で一番乗船券を得たが、妊娠中では無理と私の生まれるのを待った。生後三週間で、父・母・二歳の兄・生まれたばかりの私の四人は、持てるだけの物を持ち、天津《てんしん》港から第六次引き揚げLST船（大型揚陸艦艇《ようりくかんてい》）に乗ったが、上も下もぎっしりの船中で生後一ヶ月にならぬ子の命は危ぶまれ、父は私が死んで水葬に付《ふ》すとき包む新品の日章旗《にっしょうき》を用意していた。しかし幸い使われることなく、船は長崎県佐世保《させぼ》港に入港した。

船中で数日待機、歩いて母の生家の大村に向かった。たまたま実家の外に出ていた母の両親は、そのぼろぼろ姿を「ああいう人もいるんだ」と見ていたら、外地《がいち》で結婚した娘一家で喫驚《きっきょう》。母は生まれたばかりの私を見せて泣いたことだろう。しばらくそこで静養し、長野県松本の父の実家に向かった。戦後すぐの九州から長野までの乳飲み子を連れた列車旅もまたたいへんだったに違いない。

もちろんこの記憶は全くなく成長して父から聞いた。戦後の外地からの引き揚げで、心ならずもわが子を見捨てた、親を失い残留孤児《ざんりゅうこじ》となった話はよく聞く。今こうして深夜ひとり酒をしていられるのは、生後一ヶ月のうちに北京→長崎→長野と私の手を離さなかった父母のおかげ以外にない。

とうに両親は亡くなったが、部屋には写真を置き、朝出てゆくとき必ず一礼すると「よし、行ってこい」という顔をする。帰ると「ご苦労」。あまりうまくゆかなかった日は「まあ、そういうときもあるさ」と笑う。隣の母はいつも「そうよ、父さんの言う通りよ」とうなずく。たまに酒の盃を置くと、いちだんとニコニコする。

結婚当初、妻に無愛想《ぶあいそ》な私に対し、父は嫁をとても可愛がった。それを忘れないのか、妻は今も毎日写真にお茶を置いてくれる。両親は今も私を守ってくれている。

7　貧乏に感謝

父の松本の実家は、城下町に代々続く金工《きんこう》職人で祖父は四代目だった。長男の父は家業を継ぐつもりだったが、祖父は「これからは職人はダメだ、学問で身を立てろ」と言った。しかし学費はなく、成績の良かった父は学費免除で旧制松本中学に進み、教科書や辞書は借りてすませた。戦前当時、師範学校は高等学校や大学に進む資力のない優秀生を国費で学ばせ教員を養成していたのを知り、朝鮮の京城《けいじょう》師範を受験。国費特待生で合格し、卒業後現地の日本人学校で教えるようになった。世話する人があって、教える生徒の姉と見合い結婚。転任先の中国済南《さいなん》で新居を持ち、短期出征を経て日本の敗戦で一家は引き揚げた。

戦後の再出発に長野県の教員免許をとった父は松本近郊の中学校に赴任《ふにん》。妹も生まれて張りきり、通勤用に自転車を購入。田舎の月明かりの、無人の県道で母に乗り方を教えたが、母は「父さん、手を離さないで」と言うばかりだった。

その自転車の運転台に据えた子供用の座席に乗せてもらうのがうれしく、日曜でも出勤する父について学校で遊んでいた。学校はアカシアの樹で囲まれ、春は白い花が咲いた。夏の夕刻まだ明るいと、着物に着替えた父は私を散歩に連れ、花の名を教えた。またある月明かりの夜、県道を父と二人で歩いたのは何のときだったか。

栄養補給に近所の農家に山羊《やぎ》の乳をもらいに行くのが私の仕事。鶏小屋の世話も私で野草ハコベを摘んで餌《えさ》にする。時々生み立ての温かい卵を父に渡すと喜び、穴をあけて吸っていた。転勤で越すことになり、その鶏をつぶして食べ、鶏鍋はおいしかったが皆無言だった。

このあたりが私の記憶の最初期だ。幼な子三人を栄養不足にならぬよう育てる母、一家を支えるため奮闘《ふんとう》する父。貧しかったがゆえに子供は家を手伝うのが当たり前で、畳を上げる家の大掃除などは楽しく、一日を終えた夕飯は賑《にぎ》やかだった。

今の時代はどうだろう。子供は親を手伝うのが大好きだが、させているだろうか。子供は贅沢なんかちっともしたくない。それは親の見栄だ。

貧乏が家族を結束させ、私を育てた。貧乏に感謝するばかりだ。

8　幼年時代

教師の父の通う中学校の夏休みは、クラス交替で美ヶ原《うつくしがはら》高原でキャンプするのが恒例行事で、常駐する学年主任の父は小学生の幼い私を連れていった。カレーを作って食べ、キャンプファイヤーを囲んだ若い先生は手拍子で皆と歌い、星座を教えた。そこに混じるチビはおもしろがられ、父に「とうちゃん、しょんべん」と言うと「その辺でやってこい」と言われ、女生徒が「カズヒコちゃん、ついてってやるね」と立ってくれた。以来、夜の山は平気になり、キャンプは私の最大の楽しみになる。

三日間を終えて下山し、父は学校に直行。私が一人で帰ると、道端で母が私の代わりに兎《うさぎ》用の青草をむしっていた。私は毛が売れる兎を家の縁の下で飼い、その世話が役目だった。家に風呂はなく、近くの浅間温泉の共同浴場に母は妹を連れ、父と兄と私は三人で通った。温まった体で帰る夜の道は良かった。

節分の夜は座敷で「鬼は外」と大声をあげ豆をまく。豆は母が炒ったものだ。その後、自分の歳の数の豆を、あたりに家のない暗い十字路の真ん中に置いてくると一年間不幸が起きないという伝えで、父と出かけて置いた後「絶対振り向いてはいかん」と言われ、身を固くして袖をつかんだ。翌朝は座敷にまかれた豆を拾い、口に入れながら学校に行った。食べ盛りにあまりおやつはなく、たまに母が小麦粉に砂糖を少し混ぜて練って焼いた「うす焼き」を作ってくれたのがうれしかった。

深夜の晩酌で思い出されるのはこんなことだ。若いときは外飲みばかりで、自分の過去を思い出すことなどなかった。しかし年を経て家で飲むとこうなる。

ノスタルジー（郷愁）は「美しい思い出」を言うそうだ。人間、嫌なことは忘れたい、良かったことだけを思い出していたい。物心ついた幼年時代はそれがいっぱいある。大人になった若い頃の苦労も、あれがあったからこそと思えるようになった。

これは誰も知らない自分だけの世界だ。そして思った。これは自分の人生を肯定している作業だ。人間最後はそういう境地に至れるのだ。良い追憶《ついおく》こそが一生かけて獲得したものだ。

重ねる盃がそうさせて一時間。思い出の続きは寝床にしよう。

9　一人暮らし

年齢十七、八になると誰しも家を出て一人暮らしを始めたくなる。東京の大学に入って始めた東京下北沢の一人暮らしは、その望みがかなった解放感にあふれた。それまでの家族、学友、地域一切から離れ、何をするのも自由。逆にすべて自分でしなければ何も解決しない。腹が減ってもじっとしているだけでは減り続けるばかりだ。

借りて住んだのは物置小屋を改造した一軒家で、玄関戸を開けたそこは水道とガスと流し、右にトイレ、左に畳三畳の部屋の計二坪半。三畳のうちの一畳は寝台で下は物入れだ。共同トイレではない独立した一軒家は大いに独立感があり、デザイン実習用のケント紙を切って「太田和彦」の表札を出した。

もちろん風呂はないが、すぐ近くに銭湯があり、タオルと石鹸《せっけん》を持ってゆけばよい。帰りに、くずハム、豆腐、納豆、もやしを買い、豆腐の味噌汁、くずハムもやし炒め、納豆ご飯が不動の自炊メニューとなる。

小田急線と井の頭線が斜めに交叉するため道なりが複雑な下北沢は、自動車の入ってこない活気あふれる商店街で、駅北口の戦後のままのマーケットは、生鮮食料品をはじめ、おでん種、揚げ物、チョコレートや米軍放出衣料など色んな店が並び、一番奥のサイキ画荘では画材やクロッキー帖を買った。

下北沢は新宿派の売れないゲージツ家や評論家志望みたいなのがたむろしている雰囲気があり、古いジャズ喫茶「マサコ」はそのたまり場で私も隅に座り、置かれた雑誌や漫画を読んだ。近くの東大駒場や明大の学生らしきもいた。

毎月の家からの仕送りは、今と違って銀行振り込みなどはない現金書留で、その頃になると下宿前の郵便局に、太田宛の書留はないですかと聞きに行った。足りないぶんは奨学金と家庭教師のアルバイト。下宿から歩いて家庭教師先に行く途中の表札「平田」は映画俳優の平田昭彦《ひらたあきひこ》・久我美子《くがよしこ》夫妻のお宅で、あの大女優に一度はお目文字をと願ったがかなわなかった。当時の首相・佐藤栄作《さとうえいさく》の自邸もあり、見に行くと四方に警官が立っていた。この辺が高級住宅地であることは知らなかったが、著名人のお宅は東京に住んでいる実感を高めた。

10　大人への成長

経験から、若いうちに家を出て一人暮らしをするのは、大人への成長に最も重要と知った。大学入学あたりを機に、たとえ家に自分の部屋があろうとも断固出て、安い下宿に入る。私は故郷が遠かったから必然だが、たとえ同じ都内でもそうする。それもできるだけ実家から離れた場所で。

余計な費用がかかるからもちろん贅沢はできない、一間《ひとま》で充分。そこで寝起きし、炊事洗濯し、通学し、バイトもする。親は絶対手助けしてはいけない。実家に余裕があっても貧乏させることが肝心だ。

この、貧乏をすべて自分で解決することが、人が生きてゆく基本を教える。いつまでものうのうと家にいて、食事も洗濯も何もかも親がしていては、子は「絶対に」大人にはなれないが、今の親は子離れができず、男でも結婚するまでそばに置き、さらに結婚しても干渉《かんしょう》する。結局いつまでも一人前になれない。

借りた狭い下宿にやがて友達が集まり、ないカネを出し合って酒盛りし、夜を徹して語り合い、議論し、喧嘩《けんか》し、朝を迎えるのは青春時代に最も重要なことだ。そうして成長し、学び、社会に出てゆく。

会社勤めを始め、下に新入社員が来るようになると、親がかりで育った者はダメだとわかってきた。特徴は自分で解決せず、すぐ他人を頼りにすること。「お前がやれ」と言うと不服そうな顔をして、しかもできない。そうでない地方出身者は歯を食いしばってでも自分で解決する。私は使えない者はどんどん他部署にとばした。

親と離れての一人暮らしは、もうひとつ大きな効用があった。それは、暮などに帰省するととても喜んでくれ、母は私の好きな手料理を用意し、父は私の近況を聞きながらの一杯を楽しんだ。悩みごとなどもらすとゆっくり一杯をふくみ、「そういうときもある、あわてないでいれば、自然に見えてくるものさ」の一言は、本当に心に伝わった。この親子関係は両親が亡くなるまで続いた。それもこれも、若いうちに家を出て、世間に放り出されたからだ。毎月の仕送りの有り難かったことよ。

獅子《しし》は子を谷に突き落として成長させる。あなたはいかがだったでしょう。

II　大学に失望

念願かなって始めた東京生活はすぐに大きな挫折《ざせつ》にぶつかった。一人で暮らす苦労ではなく、通い始めた大学への不信だ。

デザイナー志望の私は東京藝大を目指したが、そこ一本に絞って二浪している兄と受験が重なってしまい、合否が分かれた結果を心配した父は私の藝大受験を許さなかった。兄も心配し、私立大にゆく学費のない身に、同じ国立大でデザインを学べる東京教育大を教えてくれた。十六倍ほどの倍率だったが、実技試験もあって、はやく完成した私は、他受験生の制作中の作品レベルを見て合格を確信。そして幸い兄弟ともに合格した。

入学した教育学部芸術学科構成（デザイン）専攻に新入生は八人。そのうち三人は一浪。構成科を受験して落ちると、担当教授が大学前でやっているデザイン研究所に通うのがパターンで、大学入試には教授面接もありそこの生徒も来る。ウチを予備校として通えば入れるということか。一浪の三人はそうして入ってきた。担当教授が自らの経営する研究所の生徒の大学入試判定をするのが許されるのかという不信感がわく。

入ってみたが、美術大には当たり前の実習室も設備もなく、教授以下の講師陣もデザインが全くわかっていないレベルの低さだった。教授はデザインを学問に見せたいだけの人で実技指導はできなく、第一、あまり学校に来なかったのは研究所経営が忙しく、国立大教授の肩書きが欲しかっただけなのだろう。

これでは目指すデザイナーになれないという焦りは、兄のいる藝大や高校同級生の入った武蔵野美大などを見に行き、設備や、指導陣、授業のレベルの充実を知り絶望的になった。工学部も文学部も農学部もある総合大学の教育大では美術デザインなど末端で、やはり美術の専門大学でないとダメだという気持ちは、藝大再受験も考えたがいつしかそれも消えてゆく。

希望を持って上京したが、その根本に不信感を持つのはつらい。兄は二浪して入った藝大生活を謳歌《おうか》しており、相談できる人はいない。

若く向学心に燃える貴重な年代をこんな大学で過ごしていてはダメだと骨身にしみた私は、孤独感を深めてゆく。

12　新宿が教室

入学した大学はあてにできなく、藝大再受験もあきらめると、独学する他はないと覚悟を決めた。

六十年代の新宿は演劇、文学、ジャズ、舞踏《ぶとう》、ハプニングなどアンダーグラウンド文化の拠点で、日夜ゲリラ的な催《もよお》しがあり、若手芸術家や文化人が集結した。一方、赤坂にできた草月《そうげつ》会館でも意欲的な催しが続き、通い詰めた私は、そこに来ている新進デザイナーの和田誠《わだまこと》、杉浦康平《すぎうらこうへい》、粟津潔《あわづきよし》らを遠く見て、それらの活動をグラフィックデザインが統御《とうぎょ》し視覚化していることに自分の目指すものへの確信を得た。

そうなればまるで世の中を知らない見当はずれの大学に行く理由はなくなり、通学途中の新宿で降りてしまい、紀伊國屋書店で立ち読みした。新宿「ピットイン」や「花園神社」の唐十郎《からじゅうろう》紅テント公演にはすべて通い、アートシアター新宿文化の夜十時からの寺山修司《てらやましゅうじ》初の演劇公演「青森県のせむし男」にも行くが、級友に話しても何も知らず、すべて一人で行動して誘うことはなかった。

そんな一、二年が過ぎると、猛然《もうぜん》とそこで得たものを表現したい意欲がわいてきた。大学の課題は、出しても「きれいだねえ」「新鮮だねえ」と言われるばかりで批評にならず、その課題自体もちゃちでしかなかった。

下北沢の狭い下宿で大型作品に取り組んだ。当時はパソコンなどなく、すべてポスターカラーの手描きは、途中失敗の許されない緊張の連続だ。そうしてできた大型パネルを何枚も大切に紐《ひも》で結び、電車で何往復もして大学に運び、廊下で個展を開いた。教授や講師はそれを見て何か感想を言いそうなものだが、何も言われず無視された。されたが逆に「ほんとに何もわかっていないな」とこちらもはっきり引導《いんどう》を渡す。すがる気持ちは何もなかった。

専門課程以外の、外国語だの何だのの授業はさぼり続け、単位がとれるかだけが心配の種。期末試験があることを知って駆けつけたが、教室がわからず途方にくれた。親に学資をもらっているのだから卒業だけはしなくてはいけない。

教授には教える力がない。級友も意欲がない。その孤立感が私を作ってゆく。

13　プロの現場

やがて卒業の日が来た。就職するための「大卒資格」だけが欲しかったから、カツカツで単位がまとまったときはほっとした。もうここに用はない。卒業式も出ず、卒業証書も取りにゆかず、以来二度と訪ねてはいない。そのうち東京教育大は筑波大となって水戸《みと》に移転し、大学自体がなくなってしまった。

卒業して資生堂宣伝部に就職すると環境は一変した。大学の何の意味もない抽象的課題ではなく、具体的な効果を追求して世に発表するプロの現場こそは自分の求めていた場所だった。ここなら一から勉強し直せる。飢《う》えていた気持ちを満たす一心不乱の日々は吸い取り紙のようにすべてを吸収し、毎晩最後まで残って先輩の仕事の進み具合を見た。最も勉強したのは印刷製版技術で、「印刷にうるさいデザイナー」になれと言われて、現場に何度も通い、美しく仕上げる技法を学んだ。

資生堂は明治の創業以来、「優雅と気品」をモットーに、製品デザインも広告も社内ですべて制作し、初代社長は社長室より制作室にいることが多かった。表現は外遊時代にながくいたフランスのアール・ヌーヴォーを基調としながらも、日本になじませるべく、当時在籍していた小村雪岱《こむらせったい》らにより日本的アール・ヌーヴォーの資生堂書体をつくり、花椿《はなつばき》マークを制定。不動の資生堂アイデンティティとなる。

毎日毎日、資生堂書体を練習するのはその美学を身につけるためだ。即戦力など毛頭考えないこんな会社は昔も今もないだろう。しかし後日、これこそが、何をデザインしても資生堂らしさが出る本物の「即戦力」だったと知る。

制作室長の「資生堂の広告はすべて一級の美術作品でなければならない」という誇り高い言葉のもと、さらに重ねて「自分の個性でそれを豊かにする」ことも求められた。

そしてもうひとつ頭を離れない課題が「資生堂のデザイナーは女を描けなければならない」だった。大学を出たばかりのウブな若造にそんなことを言われても困惑するばかりだが、目の前の大先輩は、若くしてそれをみごとな作品に結晶させていた。

やがて初めてまかされた小さな新聞広告を、その日の朝刊で見た喜びを忘れない。オレはようやくプロになったという震えるような感激だった。

14　銀座で飲む

大学を卒業して就職も決まり、毎月の仕送りを終えた親はほっとしたことだろう。ほんの気持ちだけど、初月給で母にハンカチを買って送った。

勤め始めると仕事に没頭《ぼっとう》。自分をどんどん成長させてくれるうえに給料までくれる会社とはなんと有り難いものか。さらにボーナスまであり、しゃらくさい奨学金返還は一括ですませた。

会社のある銀座は夜の街。夕方五時近くなると先輩に「太田、先に行って席とっとけ」と言われ、〝宣伝部の台所〟金春小路《こんぱるこうじ》の居酒屋「樽平」で待つ。やがて先にビール一本とってちびちび始めるようになり、その間に品書きを眺め、頼むならあれだなと見当をつけるのは、後年の居酒屋ヒョーロン家の芽生えだったか（笑）。やがて先輩連が来て「すみません、お先」と頭を下げると「おう」と何も言われなかった。

この日々は私に大きな影響を与えた。まず飲むのが銀座であること。客は姿勢よく紳士的で、新宿あたりの大声無頼《ぶらい》派とは違う。新宿でもよく飲んだが、銀座流は新宿で通用してもその逆はなかった。銀座で学んだ、居酒屋といえどもきちんと振る舞うのは私の基本になり、以降どんな敷居の高い店やバーでも平気で入れるようになった。

勘定はだいたい先輩がすませてくれ、店を出たら「ご馳走《ちそう》になりました」と大声で頭を下げるのが礼儀と心得、そうすると「おう、次ゆくぞ」と向かう。まことに銀座ほど良い街はなかった。

昼は仕事、夜は酒。下宿は帰って寝るだけ。風呂はなく、近くの銭湯は閉まる十時のぎりぎりに行くが、終いの洗い桶が湯船にどんどん投げ込まれた。

風呂のない悩みは、勤務中の夕方、八丁目の「金春湯《こんぱるゆ》」にゆくことで解決。開くのは二時とはやく、仕事前の板前などで混み、浴衣に濡れ髪で上ってくるお姐さんは色っぽかった。上がってからの早夕飯、名代おでん「お多幸《たこう》」は、大根、つみれ、はんぺん、茶飯に豆腐をのせた「とうめし」が定番になった。さあ残業してもうひと踏ん張りと、何食わぬ顔で席に戻ると「太田、髪が濡れてるぞ」と言われた。

銀座で仕事をして飲む。いるべき場所にいるという充実感に満ちていた。

15 アルバイト

学生時代はいろいろアルバイトをやった。まずは家庭教師。東京教育大学教育学部の肩書きは家庭教師にはたいへん有利で、教えたのは中学一年生だったが、たいしたことはできなく、今も申し訳なかったと思っている。あの子はどうしただろうか。

新宿東口を出た角のワシントン靴店（当時）では店員をした。グレーのニットカーディガンの制服で男の客にサイズを聞いて履かせ、指で両側をはさみ「ちょうどじゃないですか」といっぱしの口をきいた。もらった給料で初めての革靴を割引で買った。

藝大にいた兄の紹介で上野の東京都美術館の展覧会飾り付けもやった。展示替えは徹夜作業で、二人でも運べないほどの大作は重く、美術品ゆえ慎重に扱わねばならなかった。銀座の名曲喫茶でウエイターもやり、注文を聞いてコーヒーなどを運ぶ。定められた白ワイシャツの用意がたいへんだった。いくらくらいもらっていたのだろう。

資生堂に勤めるようになり、ある人の仕事を「これは何ですか」と聞くと「三角」と答えた。三角はバイトの隠語で、三角マークの三菱鉛筆だったからと。私もカタログの編集デザインや店のロゴ、雑誌表紙など「三角」はいろいろやり、特に楽しかったのは大型レコードジャケットで、スタジオでの歌手撮影はお手のものだった。

その一つ、ユーミンの初期アルバム「パール・ピアス」はポスターも作り、その年から始まった「第一回世界ポスタートリエンナーレトヤマ」国際公募に試しに出品すると、世界三十七カ国応募からなんと銀賞となり新聞にも名前が出た。翌日制作室長に呼ばれ、ばれたバイトに、クビではないだろうがと覚悟しておそるおそる行くと「おめでとう！」と言われてびっくり。室長はその国際審査員の一人だったが、それがまさか部下のバイト作品とは知らなかったのだ。しかし調子にのってはいけないと逆に自戒《じかい》。授賞式でいただいた賞金五十万円は富山からの帰りに信州の実家に寄り、両親に渡した。

その後退社してデザイン事務所を開き、たまに文章原稿を頼まれることもあって、ほんのバイト感覚で書いていたが、今ではデザインよりそちらばかりになった。さらにテレビ番組もバイトのつもりで始めたのがもう十年以上続いている。

わがアルバイト人生でした。

16 岩登り

勤めて十年もたつと仕事に行き詰まってきた。カネがなくなり腹が減ると訪ねていた杉並の叔母の家で愚痴《ぐち》ると「机にしがみついてばかりでは、いいアイデアなんて出ないわよ、山に行きなさい」と言われ、後日ついて行くとハイキングではなく、エベレスト無酸素登頂などで高名な登山家・鈴木昇己《すずきしょうみ》さんのクライミング教室だった。

従来のロッククライミングは、岩にハーケンを打ち込んでザイルを掛けていたが、自然を傷つけない方法として素手重視のフリークライミングがアメリカで生まれ、鈴木さんは熱心に導入。講習する小川山《おがわやま》は数々の難易度の岩場があり最適だった。

腰に安全確保のベルト（ハーネス）をつけ、まず鈴木さんが登り、岩場頂上のカラビナにロープを掛けて降りてくる。受講者はその末端をハーネスにつけ、残りはビレイヤー（確保者）が下で繰り出し、登り手が落下するとすかさず引っ張ってぶら下げる。小川山岩場は八十度から垂直近くまでいろいろなゲレンデ（岩場）がある。

フラットソールのクライミング専用シューズを履き、素手に滑り止めのチョーク（粉）をつけ、岩に指がかり足がかりを探して一歩一歩登る。その指がかりは一センチもない五ミリ程度。岩の隙間に掌《てのひら》を差し入れ、中で握りこぶしにして支える技術（ジャミング）もある。鈴木さんの「その右、違う、もっと先」を頼りにホルダー（手がかり）を探して、一歩、また一歩。十メートルも登ると恐怖感で下を見られないが、バランスを崩して落ちても、すぐにテンションをかけてぶらんとぶら下がる。なんとか助けられ上に着くと「はいそこまで」の声が聞こえてほっとひと息。ふり向いた広大な眺めは、こうしてここに来ないと絶対に見られないものだった。「下りまーす」と声をかけるとするするとロープが下がって地上に立った安堵感《あんどかん》。

私はすっかりはまり、道具一式を買いそろえて週末は小川山通いになった。ながく通っていた叔母さんは私以上の難所をしなやかにゆっくり登り、こともなげに降りてきて、鈴木さんは「この年齢の女性としてはトップクラス」と言っていた。

――それは仕事に役立ったか？　役立った。擦《す》りむけた指に血がにじんでも無我夢《むがむ》中《ちゅう》、頭が真っ白になるのは、真っ白ゆえに清新なアイデアが描けたのだ。

17 海外遠征

講習では岩の下にマットを敷き、ロープをつけずに岩に登るボルダリングも練習した。これはその後登山を離れた純粋スポーツになり、スポーツクライミングとして二〇二一年の東京オリンピックから正式種目になった。行うのは室内の人工壁で、私も何度か行ったが、赤や青のホルダーは指にざらりとくる岩の感触はなく、自然を求めた私には関係ないものだった。

小川山で基礎を積むと次は本番だ。本番とは大きな山に出かけて岩登りすること。そもそもロッククライミングは岩山を登るための登山技術だ。同じ岩場は二つとなく、状況に応じて色んな技術を繰り出す。取りつくと無我夢中だが、それゆえ登頂した爽快感は、それまでの人生になかった至福感をもたらした。冬も行く。雪山は夏とは全く違う装備になり、ハンマー二丁で氷壁を登るアイスクライミングも重ねた。

そうして日本三大岩場の谷川岳、穂高岳、剱岳《つるぎだけ》など国内の山を登るうち、いよいよ海外遠征となった。スイスのアイガー峰だ。さらに集中訓練し、体力作りを重ね、最後は冬の富士山で滑落《かつらく》防止訓練と低酸素訓練で山頂に一泊。これはつらかった。

一九八八年、会社に二週間休暇をとりスイスへ。海外登山経験豊富なリーダーを含めパーティーは五人。日程は余裕をとり、軽い山歩きで足を慣らした到着四日目、アイガー登り口のミッテルレギ小屋まで行って前泊。翌早朝三時に小屋を出た。本場アルプスは日本とは比較にならない急峻《きゅうしゅん》な岩稜《がんりょう》で、両側は百メートルも深い断崖《だんがい》の、左右幅三十センチほどのナイフリッジ稜線《りょうせん》をそろりそろりと進む。全員をロープでつなげ、危険度の高い所は一人ずつ。もし一人が谷に転落したらすかさず反対側に身を投げて支える。岩場も予想よりも遥《はる》かに手ごわく、その日の午後下山予定が、頂上手前の崖で岩に体をしばりつけたビバーク（山中で緊急に寝袋だけで寝る）に。その夜の間近な星空は忘れない。翌早朝再出発、昼頃ついに登頂。用意した「ＥＩＧＥＲ　３９７０Ｍ　１９８８・７・２１」の旗を手に記念写真、十分後に下山開始。そしてさらに一泊ビバークしてようやく三日目の昼、ふもとのグリンデルワルトに戻ってきた。

そのとき四十二歳。まさに登山歴の頂点だった。

18 宿酔《しゅくすい》

後期高齢の今はもうないが、若い頃は飲み過ぎ二日酔いはしょっちゅうだった。朝十時頃、もう妻は勤めに出かけた部屋で一人目覚めるが、目はうつろ、頭はガンガン、手足はぴくりとも動かせない。ズボンは昨夜のままだ。なぜこんなになったかは全く思い出せない。

そのまま横たわって三十分。会社に行かねばならぬからいつまでもそうしてはいられず、わざとベッドからガタッと丸太のように床に身を落とし、そしてまた上がり、また落として体に活を入れる。ようやく立ち上がりのろのろとシャワーへ。着替えたら近くの韓国料理屋に入って冷麺をとり、その汁をゆっくりゆっくりすすり終えてようやく出勤だ。まずは昨夜飲んでいたはずの相手に電話して非礼はなかったか探るが「え、あれ憶《おぼ》えてないの？」でまたひやり。その日は出社しても、夜八時頃になるまで使いものにならなかった。

あの頃は何もかもが不満で荒れ、また調子にのり、はしごは当たり前のこと。道端に寝ころんで財布を盗《と》られたり、軽い血を流していたこともあった。もうしないという毎度の反省もいくたびか。妻にはまことに申し訳なかった。

それも昔のことで今はおとなしい。信頼していた病院の先生に「ともかく水をたくさん飲むこと」と教わったのは宿酔防止だけではなく、消化器官から余計なものを排し、つねに濯《すす》いできれいにしておく意味があると知り、寝る前、夜中、朝、昼間、大コップ一杯をぐいぐい「そこに水があれば飲む」のが癖になった。

今日は深酒になりそうという日は、生薬《しょうやく》の本場富山で買った「廣貫堂《こうかんどう》」の和漢生薬製剤「熊膽圓《ゆうたんえん》S」を一包飲んでおく。二百包・一万五四〇〇円と高価だが、これはまことに効果があって頼りになる。昔から「二日酔いには熊の胆が効く」と言われ、それをイメージさせるネーミングだ。

亡くなられた俳優の渡辺文雄《わたなべふみお》さんが、「信州の山奥で本物の熊の胆を薬にしている（もちろん違法）のをたくさんもらって、その効能は驚くべき。太田ちゃん、今度やるよ」と言ってくれたが、いただいておけばよかった。

19 楽しみは風呂

若い頃は面倒だったが、歳をとってすっかり風呂好きになった。朝目覚めると風呂場に直行。夜明け頃トイレに立ったとき追い焚きのスイッチを押してあるから温まっている湯に、パジャマを脱いでざんぶり。ふう〜……。

マンションの小さな風呂場だが小窓があり、開けると明るい外の風が入って気持ちよい。浸かっているうちに寝ぼけまなこも開いて、体もやわらかくなり、さあ今日もやるかの気分になる。

夜は、仕事場での作業を終えた九時頃、妻に「帰ります、お風呂よろしく」とメールし、十五分ほど歩いて帰り、沸いている風呂に直行。ふう〜……。

出張帰りで疲れているときなどは入浴剤が出番だ。白い大きな錠剤の炭酸入浴剤は湯に放つとぶくぶくと泡を吹いて溶けてゆき、股の間に落ちるとこそばゆい。信州木曽で、檜《ひのき》風呂の香りがすると買った網袋入りの檜の玉は、使っては天日干しを繰り返していたが、何年もたってやや効力が薄れたか。富山で、お風呂に入る美人の絵の缶が気に入って買ってきた入浴剤「パパヤ桃源」は、ジャスミン、ユズ、森林の香りの三種持っていて、良い香りがつい長湯にさせる。五月になれば菖蒲湯《しょうぶゆ》が楽しみ。青い束の茎のところは初夏の香りがいっぱいだ。

夜風呂は頭も体もよく洗う。シャンプーは長年通っている理髪店で「安いシャンプーは台所洗剤みたいなもので、頭皮によくない」と教わり、ちょいと値は張るが、そこで使っているプロ用を買ってある。揉み洗うときは、素手、シャンプーブラシの硬いの、やわらかいのを日によって（アタマの痒《かゆ》さによって）選ぶ。

洗い場の風呂椅子は座の高いのを選んだので立ち居がラクだ。歳をとると風呂場の転倒が大問題で、湯槽《ゆぶね》の出入りは両手でしっかり手すりを握る。

体洗いは目の粗い布に石鹸をつけて全身を。タワシで背中を掻くと気持ちよい。足の裏を忘れるな。洗い終えたら、洗い場に飛び散った泡をシャワーできれいに流さないと妻に叱られる。そうしてもう一回浴槽へ。ふう～……。

後はビールが待っている。まあシアワセかな。

20 温泉

風呂好きとなれば温泉だが、これがうまくゆかない。

温泉旅館に泊まると食事はそこでとなる。宿としては力を入れ、さあご馳走とばかり、大机には、お通し、刺身、茶碗蒸し、椀物、焼物、煮物、小鍋などがいっぱい並ぶ。私はこのちょこまかいっぱい同時に出されるのが苦手。飲食には順序というものがあり、それこそ泊まりで時間は寝るまであるので、ゆっくり一杯やりたくても、それができない。そうでなく、居酒屋のようにメニューがあってそこから選び、まずビールとお通し、終えて酒と刺身、茶碗蒸しももらおうか、そろそろ鍋やるか。そうして後はご飯とお茶漬け。好きなものを好きな順序で注文して運んでもらいたい。一度に並べるのは子供のすることだ。

大勢の泊まり客がいる旅館でそんなことはできません。皆さん同じで願います、片づけもありますし。はいわかりました、では素泊まりで朝食だけにしてくださいと外に出るが、温泉地は、みな酒食事は宿ですましてあるため居酒屋というものはなく、あってもスナックやカラオケだ。そこは苦手。よってもって、温泉の湯は最高でも身を持て余してしまう。

しかし別格の気に入りは別府温泉だ。個性的な公衆浴場がいっぱいあり、素泊まりホテルに泊まって湯巡りを重ねる。とりわけ鉄輪《かんなわ》のむし湯は天国的法悦《ほうえつ》に至れる。そして夜は名居酒屋「チョロ松」でゆっくり一杯。あれはよかったなあ。

先日、四国出張であてがわれたビジネスホテルは、十二階にサウナ付き温泉大浴場があり、茶褐色《ちゃかっしょく》の天然温泉にゆっくり全身を浸すと、つくづく伸び伸び気持ちよく、翌朝は出発がはやいので六時に起き、朝食抜きで二時間も風呂にいた。

もう歳だ。居酒屋はあきらめ、安い素泊まりで、共同炊事場の自炊で長逗留《ながとうりゅう》する「湯治《とうじ》」をしてみたい。近くに自炊者用のスーパーもあるだろう。地元の素朴《そぼく》な肴で、持参した秘蔵名酒をゆっくり楽しむのは贅沢ではないか。パソコンを持ち込んで、長い原稿を片づけるか。なんか往年の大作家みたいだな。

……と、深夜の家飲みで思うのでした。

Theory

21　銀座初夏

桜も散り、街路樹《がいろじゅ》には若葉が繁る一番良い季節がやってきた。となれば行きたくなるのが銀座。しばらく忙しく、こもりきりでうずうずしていたので、今日は晴れたし、えいやと出かけた。長袖シャツにベストの軽装が気持ちよい。

何をしに？　もちろん昼飯。「天國《てんくに》」の天丼だ。銀座に天ぷら屋多しといえども、明治十九年創業のここが私のごひいき。昼は混むだろうと十一時半に来たがほぼ満員。若女将《おかみ》が「まいどどうも」という顔をしてくれるのがうれしい。カウンターに一人座って、いつもの〈お昼天丼〉一五〇〇円を注文。

待つことしばし。皆さん何を注文かなとそっとふり返ると、お昼だけの天ぷら盛り合わせと白いご飯の〈お昼の天ぷら定食〉一六〇〇円の方も多い。私は断然、丼派で、揚げ立てをじんわり天つゆのしみたご飯と一緒に食べるからいいんだ。隣席のご婦人お二人は「銀座で会いましょうよ」とやって来たのかお話がはずむ。やがて同じ〈お昼天丼〉が届き、お話中止。次いで私にも届いた。海老三本はきれいに並べまとめて揚げているのが美しく、イカかき揚げに蓮根《れんこん》、茄子《なす》とベストの組み合わせ。

わしわしわし。この味この味。丼の蓋《ふた》に残しておいた海老の尻尾三つも最後にいただき（カルシウム摂取）、お茶を一服。ご馳走さまでした。

さて散歩。天気がいい。表の銀座通りと交叉して西に向かう「花椿通り」の細く高いビルの何階ぶんもある壁面が、赤と白で椿の花を描き出しているのを発見。細い縦桟《たてざん》の組み合わせで作っているようだが、花と葉を散らしたデザインは素敵で、あたかもビル全体を包装紙で包んだようだ。さすが銀座、いいもの作ったなあ。

平日の銀座はあまり人も多くなく、旅行団体などいない戻ってきた日常感がいい。

角の資生堂パーラービルのウインドウは伝統の唐草模様を竹と紙の六角形の凧《たこ》に描いて大小を連ね、なかなかいい。近頃の資生堂の広告は全然ダメだが、ウインドウデザインはがんばってるな。

では久しぶりに地下の資生堂ギャラリーをのぞいてみよう。ここは日本で最も古い画廊で、化粧品で美を生み出す会社の、美を社是《しゃぜ》とする創業精神の表れだ。

22 資生堂ギャラリー

資生堂ギャラリーは、地下への回り階段から眼下にホールを見ながら降りてゆく設計が期待を盛り立てる。受付の控えめな〈ごあいさつ〉をやや長いが引用。

〈資生堂ギャラリーは、１９１９年のオープン以来「新しい美の発見と創造」という活動理念のもと、アートによる美しい出会いや経験を人々に提供する活動を続けてきました。私たちが住む世界は、今も不安定な状況で日常生活は変化し続けています。このことは人々の価値感や生活様式だけでなく、芸術・文化を取り巻く環境にも影響を与えています。こういう時代だからこそ、私たちは現実を柔軟に受け入れながら、新たな未来に向けてアートがはたせる役割を問い続けていきます。ｓｈｉｓｅｉｄｏ ａｒｔ ｅｇｇ（シセイドウアートエッグ）は、２００６年にスタートした公募プログラムで、瑞々《みずみず》しい新進アーティストによる「新しい美の発見と創造」を応援するものです。入選者は資生堂ギャラリーで開催される通常の企画展と同様に、担当キュレーターと話し合いを

重ね、ともに展覧会を作り上げます。〉

麗々《れいれい》しいパネルではない、ピン留めした素っ気ない一枚であるが、その理念のなんと立派なことか。企業で儲《もう》けたカネで美術品を買いあさって展示するのとは違う、これぞ本物の美術支援だ。

この〝芸術の卵〟第十六回は、応募二百六十件から選ばれた三人を順次展示。第二期の「ユ・ソラ」さんは一九八七年韓国生まれ、東京藝大で彫刻を学んだ方。

その作品は、ホールの天井壁床も、置いた日常的なベッド、机、洗面台、またタペストリーなどもすべて白一色の世界で、そこに施《ほどこ》された細い黒線のイラストは、なんとすべてミシンで縫った糸だ。それも模様ではなく、コンセントに刺したコードの群など具体的な描写で、日常のすべてをいったん真っ白にして、そこにミシンで世界を縫い上げた作品は、大胆で繊細で抽象的で具象的。すごい作家がいるのだなあとまさに目を洗われた。受付の若い女性に制作方法などを質問した後、芳名帳《ほうめいちょう》に記名すると「あら、宣伝部にいらっしゃった太田さん？」と声をかけられた。

うれしいな。もと社員なのをますます誇りに思ったのでした。

23 喜寿の祝い

この三月、私が七十七歳になるのを知った東北芸術工科大学の教え子が飲み会を開いてくれることになった。以前、六十歳のときも「還暦を祝う会」をしてもらったが、あれから十七年も過ぎたのか！

還暦のときは新宿三丁目の居酒屋「池林房《ちりんぼう》」。今回はそこの二階の「海森《かいしん》二号店」。何人来てくれるかなと気楽に行くと、なんと貸し切りで、二十七人も参加だった。

幹事三人は周到に準備を重ね、出欠も正確にとり、デザイナーお手のもので二つ折りのプログラム、参加者名簿などをきれいに作って配っている。これは座り込んで飲んでいないで全員と話さないとと席移動したりしていると、では先生こちらへと呼ばれ全員で乾杯。そしてケーキ、花束、記念品の贈呈《ぞうてい》へ。

還暦では赤いちゃんちゃんこならぬ赤いダウンベストをもらった。今回は白と緑の起《き》毛《もう》ダウンベストで、どちらも私の愛用ブランド「パタゴニア」だ。早速着用したところで、前回もあった「仰げば尊し」の斉唱に。幹事女性の一人は二日前に買って特訓したというキーボード電子ピアノを持参、前奏をつけるという。はじめは和音があまりうまくゆかず、三度目に順調スタート。賑やかだったのが静かになって、きれいな声がひびき、後半の小節に。

思えばいと疾《と》しこの年月

先生ありがとう

次いつ飲む～

還暦祝いで一度聞いた替え歌に、今回もまた、はらはらと涙が。

貸し切り時間がきて一階の「池林房」上がり座敷に二次会移動。ここは教えている頃、東北の学生たちが東京の居酒屋で集まれるようにと連れてきて以来の定席だ。

そして飲んだ、話した、聞いた、笑った、泣いた。なんと仙台、名古屋からも参加し、今夜は学友の所に泊まるのもいる。ウブな若い学生だったのが今や四十歳前後。独身も既婚もいて、見せてくれる子供の写真が可愛い。

こんなすばらしい教え子たちがいるだろうか。本当に教壇に立ってよかった。

24 大学で教えたこと

東北芸術工科大学でデザインを教えることになって思ったのは、自分が失望した大学時代と正反対にしようということだった。

一つは授業。私のいた大学の教授連は実作者ではなく理論（?）とやらを言うだけで、何の役にも立たなかった。「美術は教えられるものか」という根本論はあるが、それは純粋芸術のことで、大衆を相手にした商業美術は違う。狙いを形にし、締め切り日に原稿を渡し、品質を管理し、人々に支持されるには専門技術が必要だ。しかし藝大あたりは学生全員が天才なので精神面の指導だけですむ。

東北芸工大はそのレベルではない。私はたとえ才能はなくてもプロのデザイナーになれるよう実作指導に徹底することにした。そのための方法論、技術は資生堂でしっかり身についている。個性的才能がある者はそれを伸ばす個人指導をすればよい。要は全員相手の制作制作また制作のスパルタ式。深夜におよぶ授業に必死の学生は、こなしてゆくうちに自分が伸びてゆくことに感動し、欠席者はほとんどなくなった。

もう一つは人間的交流だ。私のいた大学の教授や講師らは学生と交流する姿勢は全くなく、話をしようともせず、大学生活は寒々と孤独だった。

これではいけない。私の学生になってくれたのも縁。同じ美術好き同士、色んな話をしよう。それには酒が一番だ。ハードな授業とは別に積極的に飲み会を開き、学生はカネはないから、居酒屋に一升瓶持ち込みを許してもらい費用はこちらの持ち出し。まず焼きうどんなどで腹をいっぱいにさせるのがコツ。酒の席だから野暮《やぼ》は言いっこなし。なんでも言えるとなった学生はなんでも話してくれ、知らぬ顔をしていた者も楽しげな様子が気になって、次第に仲間に加わってくる。もちろん酒を飲めないのもいるが、何回目かにはいつの間にかコップを手に「先生、ビールってうまいっすね」と言って冷やかされる。もとよりこちらには、学生は何を悩みとしているかを知ろうという腹がある。その夜を終えた翌日の授業は、皆晴れ晴れとした顔だった。

卒業後の飲み会で、ある教え子に「先生に教わったビールの注ぎ方が、社会に出て一番役立ちました」と言われたときはフクザツな気持ちになった。

25 お雛さま

私の誕生日は三月三日、女の子の節句、雛祭りの日だ。子供の頃、男の子としてはちょっぴり恥ずかしかったが、それゆえよく憶えられ、今は「誕生日ですね」と言われる。今年は七十七歳・喜寿で、大学教え子が大勢で祝ってくれてうれしかった。

三人兄妹。戦後の貧しい生活の中、妹の節句でも雛人形を見ることはないまま大人になった。妹は結婚して娘が生まれたが節句に雛を飾ることはなく、やがて生まれた孫娘にもそれを買ってやる発想はないようだ。兄にも娘がいるが、やはり雛を飾る習慣はないと聞いた。

私の妻は一人娘で、結婚すると、誕生のとき親が買ってくれた雛人形を持ってきて、三月には飾るようになった。仰々《ぎょうぎょう》しい段飾りではなく、男雛、女雛、三人官女、右大臣なのか左大臣なのか大臣一人に、ぼんぼり一対、供物の棚が三つのひとそろい。角材で段になるようにして緋毛氈《ひもうせん》を敷くとなかなかよい。伝統雛の端整とは違う、可愛い丸顔は娘を持った親の喜びがあふれているようだ。

飾る場所は、金工職人だった故郷の祖父が金具を造った松本箪笥の上に落ち着いた。赤い艶《つや》をおびた古箪笥に雛人形はよく合い、桃の枝花を添えると一層引き立つ。私は自分の誕生飾りができたようでうれしく、酒の盃を供えた。以来毎年飾られ、誕生日を確認する。妻の誕生月は一月で、これは妻よりも私のための飾りになった。数日が過ぎると丁寧に布で包まれ、来年まで同じ箱に納めしまわれる。

今年の春、妹の娘一家五人が東京の私の家に遊びに来ることになり、雛人形など見たことがないだろうと、しまわずにおいた。

八歳になる娘もいて、妻の「これはおばちゃんが持ってきたのよ」にうなずいている。その下の四歳、やんちゃ盛りの男の子に「お雛さまは、夜みんなが寝てしまうと踊り出す、その証拠に朝見ると立つ位置が変わっている」と言うと怖がり「夜見ると目が合うぞ」と重ねると、さらに不安な表情になった。

老齢を重ねると誕生日も楽しくないが、お雛さまが並ぶとなるとうれしい。わが家の家系では、男の私だけが毎年、雛飾りを並べている。

26 胸ふさがれて

夕方のウォーキングで公園にさしかかると、小学生ほどの女の子が、棒立ちでバドミントンラケットをぶら下げ「一緒に遊ぼうって言っただけなのに」と肩をふるわせてしゃくり上げ、涙を流している。離れて二人の女の子がひそひそと「あやまろうよ」と言っている。どうしたのだろう。一緒に遊ぼうと声をかけて意地悪されたのだろうか。棒立ちで泣く姿に胸がいっぱいになり、「どうしたの」と声をかけてやりたいが、知らないおじさんが出しゃばることではない。少し離れてふり返り、仲直りしなよと痛切に願ったが、じっと見ているわけにはゆかず、その場を去らねばならなかった。その悲しい光景が胸を離れない。

松本の町を歩いていて、コンビニの前のベンチで、女子高生らしきが一人淋しげにパンをかじっているのを見て、「どうしたんだろう、友達がいないのか」と胸がふさがれた。一番楽しいはずの青春期の娘が一人でパンをかじっているとは。

ただ腹が空いていただけだ、そう思おうとしたが、子供が一人淋しげにしているのを見ると、なんとかしてやらねばの感情がわく。年配のお母さんなら見知らぬ子でも声をかけてやるくらいはできるだろうけれど、男には無理だ。子供の良さで、もうそんなことは忘れ、また元気にやっているだろうと思うようにしているが。

ある地方の古城の天守閣《てんしゅかく》に上ると、小さな男の子が興奮してあちこち見てまわる後ろから、父親らしきが「そっちに行くんじゃない！」「走るな！」などと声高《こわだか》に叱責《しっせき》し続け、ついにその子はわんわん泣き出した。子供が楽しんでいるのを叱り飛ばすとはと私は男を睨みつけたが、それ以上はできない。

城を降りた下のベンチにその子が一人淋しげに座っていた。かの親は離れたベンチに座り、我関せずとフフンとしている。子供の気持ちをすくい取れない、それでも親か。私は立ち上がり、黙ってその男の子の頭を、だいじょうぶ、よしよしと励ますように撫《な》でた。その私を見上げた目がうるんでいる。

そんな場はすぐ立ち去らねばならない。後ろ髪をひかれてもそうする他はなかった。パンでも買ってやりたかったが。

27 タイル好き

タイルが大好きだ。きっかけは昔、京都で入った古い喫茶店「築地《つきじ》」の玄関まわりに敷き詰めた華麗なタイルだ。大正六年から昭和四十八年まで京都にあった「泰山《たいざん》タイル」で、規格品量産よりも釉薬《ゆうやく》や窯変《ようへん》による一枚ごとの違いを強調したものと知った。同じ京都の銭湯「船岡温泉《ふなおかおんせん》」でもタイルの饗宴《きょうえん》に見とれ、以来古い建物に入ると、玄関や階段まわりの見せ場に使われているのをじっくり見るようになった。

タイルの魅力は、色や絵柄がいつまでも清潔で色あせないことと、大小単位の自在な並べ方にある。同じ図柄の整然たる敷き詰め、規則的なパターン化、さらにモザイクで大きな絵まで描ける。私は大小も含め散文的に不統一に並べたものが好きで、クレーやモンドリアンの抽象画を見るように美的に楽しむ。

花柄、アール・ヌーヴォー、幾何学《きかがく》模様など美術的に華やかなのが「マジョリカタイル」で、日本でも大正から昭和戦前期にかけて盛んに作られたという。真四角や長方形、丸、六角など小さく色んな形のあるモザイクタイルの組み合わせは絨毯《じゅうたん》のように華麗だ。仕事場に近い「東京都庭園美術館」玄関ホールの床はすばらしい。

おりしも『日本全国タイル遊覧』（吉田真紀／書肆侃侃房《しょしかんかんぼう》）という本を知って早速購入。全国四十六の建物の名タイル仕上げを、写真入りで紹介解説し、全体、部分、角度を精密に撮影した写真、見どころの解説は「タイル愛」に満ちみちている。

私も知る横浜の「ホテルニューグランド」や、江の島の旅館「岩本楼《いわもとろう》」のローマ風呂は、ああこうだったなあと懐かしい。一方未知の札幌「宮部金吾《みやべきんご》記念館」、伊東市「川奈ホテル」、熱海の旅館「起雲閣《きうんかく》」あたりはタイルの殿堂で、このためだけに訪ねてみたくなる。山形県鶴岡の「御料理　新茶屋」の広い風呂場は大きな浴槽全体が底まで藍色の連続模様タイルで仕上げられ、この湯に浸かったらなんと贅沢か。

せめて自宅の風呂場だけでも無機質な白一色ではなく、好きなタイルを貼り詰めてみたいが、夢のまた夢。谷中の町を歩いていたら十センチ四方ほどのマジョリカタイルをバラ売りしていて、ナポリ風景を描いたのを一枚買い、飾った。小金井「江戸東京たてもの園」の「日本のタイル１００年」展は八月二十日まで。忘れずに行かないと。

28 宣伝うちわ

何十年も前、松本の古美術店に、古いうちわがいくつかあるのを見つけた。昭和三十年頃、夏のお盆時季になると商店はお中元に宣伝うちわを配った。図柄の表は映画スターの写真、裏は白地に店名が入る。

下駄棚を背に草履《ぞうり》を持って微笑《ほほえ》む有馬稲子《ありまいねこ》は「下諏訪　黒澤はきもの店」。バナナやトマト、台秤《だいばかり》を背に大根とキャベツを手にする高千穂《たかちほ》ひづるは「松本市　鮮魚青果物太田屋」。大型電気冷蔵庫を背に酒瓶を持つ若尾文子《わかおあやこ》は「和洋酒食料品一式　陸中山田《りくちゅうやまだ》市　おまつや商店」。

買物自転車のハンドルを握る美空《みそら》ひばりは「福島市　宮崎自転車店」。富士の見える高原の白樺の前で手を振る香川京子《かがわきょうこ》は「神科村農業協同組合《かみしなむら》」。まだ幼い鰐淵晴子《わにぶちはるこ》は「鶴岡市　用品雑貨　マルタカ商店」。夕涼み姿の山本富士子《やまもとふじこ》は三枚あって「薪炭各種彦根市　疋田《ひきた》商店」「信夫《しのぶ》村　大越魚店」そして「陸中山田市　おまつや商店」がここにも。

男優もいる。ねじり鉢巻《はちまき》で花火を背に真っ赤な鯛を手にした中村錦之助《なかむらきんのすけ》は「松本市金山魚店」。豆絞りを首に海老鯛を持つ池部良《いけべりょう》は「大綱木　藤田酒店」。

当時は肖像権の概念はなかったのだろう。色んなポーズに本人の顔写真を当てはめた図柄に魅了された。薄茶に変色し少々破れもあるのが一本一八〇〇円は高いか安いか。買いましたとも。これを額装して飾るとみごとな日本ポップアートが現出した。

その後、四日市で偶然、創業百二十年（当時）になる、宣伝販促物製作「イナトウ」のショールームにこの宣伝うちわが並ぶのを見つけた。私は当時の「東北芸術工科大学教授」の名刺を出し、研究のためとカタログ集「団扇地紙集」をしばらくお借りした。そこには、あの魚屋に扮《ふん》した中村錦之助の原画もあり、さらに高峰秀子《たかみねひでこ》、八千草薫《やちぐさかおる》、岸恵子《きしけいこ》らも。大スターが店員に扮した絵柄は親しみがわいてすばらしく、江戸庶民に人気だった浮世絵美人画があたかも映画全盛期の戦後に復活したかのように感じた。

お話を聞いた三重県伝統工芸士・稲垣藤夫《いながきふじお》さんによれば、当地の「日永《ひなが》うちわ」は江戸期からお伊勢参りの土産として、往時十数軒が軒《のき》を連ねていたそうだ。

29 うちわ好きに

うちわ好きになったのは仕事がデザイナーだからだろう。ずいぶん集まった。茶色の地に「どぜう」は創業百年になる深川の料理屋「伊せ喜《いせき》」。紺色紋だけの「湯島切通し　江知勝《えちかつ》」はすきやきの老舗《しにせ》。勇壮な武者絵の「青森ねぶたまつり」は現地でもらってきた。「奉祝《ほうしゅく》　祇園祭《ぎおんまつり》」の函谷鉾《かんこぼこ》の絵の裏は「京都中央信用金庫」。「第八十二回　東をどり」もある。「第三十回　能楽金春祭り」は銀座七丁目でもらった。東京中央区の十一の銭湯名が入る「中央浴場組合」、「あなたのまちの郵便局　高輪台《たかなわだい》郵便局」もあり、うちわを配るのはゆかしい風習だ。松本で手に入れた小村雪岱の絵のうちわは、夏には珍しい雪降る中を番傘を肩にしゃがんで雪兎を手にする美人画で、特別に長い細丸竹の握りがよく似合っていた。

京都の料理屋は、お茶屋の芸妓《げいこ》の名入りうちわをずらりと並べて飾る。浅草三社祭《さんじゃまつり》などの担ぎ手の腰に欠かせないのもうちわ。一方実用は、鰻《うなぎ》や焼鳥を焼く炭火を真っ赤に熾《おこ》す赤く腰の強い渋うちわ。口にくわえて串をひっくり返すのはおなじみの光景だ。

飛騨高山で入った居酒屋「あじ平《へい》」の壁に、五〜六十枚の映画女優うちわが一面に飾られていて目を見張った。原節子《はらせつこ》、佐久間良子《さくまよしこ》、乙羽信子《おとわのぶこ》、吉永小百合《よしながさゆり》らが勢ぞろい。同じ女優でも色んな服装、ポーズがあるのは顔だけの当てはめで、だから自由自在におもしろい。主人によると先代が「広告美人画」を収集した一環という。

その「広告美人画」の言葉が響いた。私の勤めた資生堂宣伝部はまさにそれを制作する所で、美人画うちわに心惹かれたのもゆえありだった。その資生堂も一九三二年に「東京新風景　銀座之夜景」として、銀座本社前をモダンガールがゆくうちわを「東京銀座　資生堂製」名入りで配り、名作として保存されている。

小津安二郎《おづやすじろう》の名作『東京物語』は設定が夏で、主演の笠智衆《りゅうちしゅう》、東山千栄子《ひがしやまちえこ》は畳に座りつねにうちわを手にしている。小津は、うちわは座した膝前で左右にゆっくり振って風を送るものだと教え、小津特有の静的固定画面にわずかなリズムを作っていた。何度も見返すうちに、杉村春子《すぎむらはるこ》の手にする商店のもらいものの宣伝うちわの絵は高峰秀子と気づいた。『東京物語』をうちわ映画の代表作としよう。

30 うちわ考

千葉県佐原で入った、創業一七五九（宝暦九）年という植田屋荒物店はうちわがよくそろい、店主の話では日本三大うちわは、房州《ぼうしゅう》うちわ・京うちわ・丸亀うちわ。

房州うちわの柄《え》は細い丸竹で、骨は節から上を割り、ほどよい腰の強さ。京うちわの柄は木の差し柄で、面は極細の竹ひごを放射状に並べて和紙を貼り、風がやわらかい。丸亀うちわの柄は太い平竹で、それを割った骨は頑丈だ。

香川で「丸亀うちわミュージアム」に入った。丸亀うちわは江戸時代にこんぴら参りの土産物として始まり、当時の京極藩が武士の内職に推奨して丸亀の代表的な地場産業に発展、平成九年に伝統的工芸品に指定され、今は国内シェアの九割、年間一億本以上を生産するという。武士の内職は傘張りが相場だが、うちわ張りですか。

作業の実演もあり、平たい青竹の先五センチほどを目にも止まらぬ速さで三十五枚に切り込みを入れ、それを二～四回、S字にひねって腰までもみ下ろしてやわらかくし、扇に広げて糸を巡らせて留め、骨を作る。鰻や焼鳥で使う赤い渋うちわは、骨を太めに割り、貼った紙にさらに漁網をかぶせて赤い柿渋を塗る。これでバタバタ煽《あお》ぎは完璧だ。

この頃スポーツ大会や祭で配られる使い捨てうちわの骨は成型プラスチックで、味はなくなったがまあ仕方ないか。夏の麻布十番祭は、十番にアトリエがあるイラストレーター・宇野亜喜良《うのあきら》氏の毎年のイラストが人気で、そのうちわはコレクターズアイテムだ。キャンプに欠かせないのがこの使い捨てプラスチックうちわで、焚き火や炭火熾しはこれを猛烈にバタバタやるとすぐに盛大になる。テレビのキャンプ番組で、火吹き竹のようなものでフーフーやってるが、そんなんじゃダメだ。

ただ風を送るだけの道具は、蒸し暑い日本の夏に欠かせない風流な小道具になった。盆踊りの輪に腰に差したうちわは似合う。路地の七輪で焼くサンマをうちわで煽ぐ光景は懐かしい。「寝ていても団扇《うちわ》の動く親心」赤ちゃんを寝かしつけようと添い寝して、うちわで風を送るお母さんが、自分が眠ってしまっても手は動いている喩《たと》えがいい。

冷房付きのマンション住まいになってもうちわは欠かしたくない。夏は仕事場の大机に来客用に一枚置く。今年は丸亀で買ってきた涼しげな浴衣柄のにしよう。

31 扇子《せんす》

うちわは漢字で団扇と書く。同じ風を送る道具でも、扇子はぐっと高級になる。着流しや浴衣にうちわは合うが、着物の正装は最後に帯に扇子をはさむことで決まり、忘れてはならない。結婚式などの和礼装写真は必ず手に白扇《はくせん》を持つ。

日本舞踊《ぶよう》に扇子は最重要な持ち道具で、舞扇《まいおうぎ》の捌《さば》きは、軽快にも、優雅にも、きりりともなり、ときに投げて受ける術も披露《ひろう》。舞い終えると膝前に置いて一礼する。

落語家は白扇を手に高座《こうざ》に登場、前に置いて一礼し、噺《はなし》が始まる。これが手ぶらで現れたのでは間抜けだ。そして蕎麦《そば》をたぐるなどの小道具に使われる。講談師は大ぶりの張り扇で釈台をぴしゃりと叩いてテンポをつける。

武家が重要な話を始める前は、まず扇子を置いて一礼し、威儀《いぎ》を正す。なんでもない座談ではそうしないのが、今から大切なことを切り出すという合図だ。また目下の者を「そこもとは」と指すときに使うのは、一本指よりも、まだ敬意を含んでおり、答える側も神妙になる。心遣いの寸志《すんし》は手渡しせず、広げた扇子にのせて渡すのが作法。またときに「あっぱれ」と開いて称賛する。女性が「おほほ」と顔を隠すしぐさはいい。相撲《すもう》の土俵に立つ呼び出しは、開いた扇子を顔の前に立てる。さらに古来扇面は達筆家や画家が揮毫《きごう》するのに使われ、文化財として残ったりもする。

単に風を煽ぐ道具がその役目を離れて、これだけ儀礼に使われるのは世界に類がないと思う。何か手に持つのは心を落ち着かせ、しぐさや手のやり場に扇子ほど便利なものはない。私もテレビ番組に着物で出るときは扇子を忘れず、居酒屋でまず机に置く。いくつか持っているが、そのときは噺家が襲名披露に配ったものが一番粋《いき》だ。私のは「三《さん》遊亭鳳志《ゆうていほうし》」師匠のもので、途中でさりげなく広げてみせて気取る。

京都の居酒屋「祇園きたざと」でいただいた長唄「杵屋浩右《きねやこうすけ》」の扇子は、長男の襲名時に祝いとしたものだ。古道具屋で見つけた涼しげな絵柄のは小さく「明治安田生命」とあり、得意先に配ったものかもしれない。「祝　継承」とある高級なのは「ユネスコ無形文化遺産登録　博多祇園山笠《やまがさ》振興会」のもので、山笠は祭だが、うちわでなく扇子で配ったのが、きちんとした表彰のうれしさを感じさせた。

32 老後の支度

年齢七十も過ぎれば、おのずと老後が心配になる。いやもう充分老後だ。

まずお金。私も妻も年金は定まって受け取っている。額は少ないが多少の蓄《たくわ》えと合わせて節約してゆくしかない。役所から介護保険料の通知なるものが来て、もらえるのかと思ったら、介護を受ける側になったとき支給されるよう今から出しておけという正反対のもの。さらにその高額に驚き、年金と差し引きすればいくら残るんだと憤慨《ふんがい》するばかりだが、どうしようもない。

次に健康。これはかりは自分の努力しかない。日々の運動、食事管理、定期健康診断と、するべきことはたくさんある。

そして時間の使い方。これはだいじょうぶだ。老後を予期して始めたテレビ映画の録画ＤＶＤはファイルに整理してあり、一冊に百二十枚。ＤＶＤ一枚はだいたい六作品入るので計七百二十作。ファイルは八冊までできたから、総合計五千七百六十本。さらに好きなフリッツ・ラング監督の作品やフィルム・ノワールなどのＤＶＤも山ほど買ってあり、まず映画は一日中見ても追いつかないくらいになった。

こつこつ買い集めたレコードも千五百枚ほど、ＣＤも千枚近くになり、改めて聴き返すのが楽しみだ。真空管アンプの調子が悪くなったから買い替えるか。

本はすべての棚が二重に満杯で、もう読まないから処理しよう。持っているだけ、は止《や》めだ。――まあ時間はいくらでもつぶせる。

居酒屋通い、一人旅。これは体調次第。無理できなくなったら止める覚悟はできている（だから焦って今行ってます）。

どう処理してよいのかわからないのが世の中への関心だ。毎日、新聞三紙を熟読して、近頃の政治社会への憤懣《ふんまん》はつのるばかり。この気持ちをどうしたらよいのだろう。保守にあぐらをかいて、自分の得することしか考えない世襲政治家の幼稚なお粗末《そまつ》さに天誅《てんちゅう》を加えたい。

しかし、もう死ぬ。後は野となれでいいか。孫のように可愛がっている小さな甥姪には奨学金を続けている。それ以外はもういいか。

33 名言

昨年末、テレビ番組「徹子の部屋」で「来年はどういう年になるでしょう」と聞かれたタモリは、やや考え「新しい戦前の始まり」と答えたのを見ていて、どきりとした。その後、時代相をついた言葉としてマスコミや評論家にたちまち広まり、新聞論説の見出しにも使われ、タモリの鋭い言語感覚にうなった。

最近亡くなった歌手ハリー・ベラフォンテは「歌手を投獄できても、歌はできない」という言葉を残した。歌手の誇りがあふれている。やはり亡くなった坂本龍一《さかもとりゅういち》は、古くからの言葉「芸術は長く、人生は短し」を好んだそうで、この人が言うと真実味がある。名言の力は大きい。

それとは比較にならないが、昔、教えていた大学の卒業式で教え子に、何か書いてくださいと色紙を渡され、うーむと考えたが名言は浮かばず「明るく、楽しく」とした。後からあんなのでよかったのかなあと考え、案外いいのかもと思った。明るく楽しく生きられたらいい人生だ。色紙はどうなったかな。吉永小百合様はめったに色紙は書かれないそうだが、どうしてものときは「いつでも夢を」これも不滅《ふめつ》の名言。角野卓造さんはつねに「渡る世間は鬼ばかり」これも至言《しげん》。

自著にサインを求められると「いい酒、いい人、いい肴」。続けていた居酒屋研究会で決めた「居酒屋三原則」だ。そこに徳利と盃の絵を添える。決めているとラク。

ずいぶん昔、青森市の地下市場食堂に入ると、訪れた有名人の色紙が飾られる中に忌野清志郎《いまわのきよしろう》のがあり、その下に昔ここで書いた私の色紙が貼られていて、とても誇らしかった。地方公演で市場の食堂に入り、サインを求められるとすらすらと書く清志郎ってやっぱりいい奴だ。オレも。

店の名は忘れたが、ある餃子屋に並ぶタレントなどの色紙の中に、人気作家の一枚があって尋ねると、意外な来店に気軽にお願いすると、う～むと悩まれてなかなか書けず、申し訳なく思い始めたら、すまんこれで勘弁と渡されたのは「うまい」で、作家なのにこんなことしか書けなくてと恥ずかしそうに帰ったとか。

いい話だよと言うと、「本当です」とうれしそうだった。

34　一人旅

老後の楽しみは旅だ。しかし海外は航空券やホテルの手配が面倒、つねにパスポートをなくさないか心配、この歳になれば旅先で倒れることも考えておかねば。団体旅行はぞろぞろついてゆくだけでおもしろくない。楽しみな夜の酒場も、何か話したそうなマスターに、言葉が通じたらなあと口惜しい。

したがって国内旅。今書いた心配は皆無《かいむ》、いざとなったら携帯電話がある。

それも一人旅がいい。連れがいると、何処《どこ》に行く何食べるとつねに相談で、第一、話をしに来たのではない。話すなら、旅先の居酒屋の主人や女将、知らない人と話すのが旅のおもしろさだ。とはいえ一人旅は交通も宿泊も夕食や居酒屋も、自分で決めなければ何も進まない。が、これがよく、適度な緊張が自分をよみがえらせる。日頃すべてだらだらと妻まかせの男が、自分を取り戻すために出てゆくのが一人旅だ。

それには最低二泊三日。今日来て明日帰るんではただ移動しただけ。その町で目覚めて、その町で眠るのが旅の基本だ。チェックインして荷物を置いたらまずは町の散歩に出よう。生活感あふれる商店街に並ぶ品々、うまそうな老舗蕎麦屋、コーヒーはここがよさそうだ。あの名城の入口はここか、明日だな。市場があれば必ず入り、地物の魚を見て今夜の居酒屋の楽しみにする。ついでに干物や名産品を買い、宅急便で家に土産として送っておく。これが帰ってからの楽しみだ。

私はよくユニクロや古着屋で服を買う。こんなことは住んでいる所ではしないが、誰も見ていないのでゆっくり服探しで時間つぶし。いつもは買い物袋を下げて歩くのは恥ずかしいが旅先では平気だ。もちろんただ歩いているのではなく、今夜の居酒屋の見当をつけておくのが狙いで、夜になってからでは迷うだけ。

そうして町に見当がついたらホテルに戻ってひと眠り。起きて新品ユニクロに着替えてご出勤。手にあるのは財布と携帯だけの気軽さよ。まずは居酒屋カウンター。

「この刺身うまいですね」

「ああ今朝ので、今しかとれないんですよ。どちらからですか?」

一人旅の楽しみ、はじまりはじまり。

35 店選び

とはいえ、知らない町で初めての居酒屋に入るのはなかなか難しい。貼り紙〈激安、ビール一杯サービス〉＝若いのが大勢でうるさそうだ。〈備長炭炭火焼鳥、名物カシラ、シロ〉＝焼鳥ならどこでも食べられる。小さな白暖簾《のれん》に控えめな店名〈地酒各種と板前料理〉＝上品でよさそうだが高いかも知れない。

迷い始めるときりがなく焦る気持ちもわいてくる。しかし相談する人はいない。いつもどうしてたんだっけ、普段から慣れておくべきだったな。

まずチェーン店は避ける。全国どこも同じでは旅に来た意味がない。おすすめは駅前の新興繁華街よりは、昔はこちらが賑やかだった所にある一軒家。二階に住んでいるらしき家族経営で、開店五時前に常連客が来てしまう、地元客でながく続いている古い店だが、そう急に言われても、だ。

ネットの紹介記事はあてにならない。それは水準を知らない素人の感想だからで、当の店が書いている例もある。かつて私もその情報で入ったことがあったが、ことごとく失敗で十五分で出た。

対策は身も蓋もないが私の『太田和彦の居酒屋味酒覧《みしゅらん》〈決定版〉精選２０４』（新潮社）を見るのが話がはやい。何十年も日本中をまわって得た情報は自信があり、何よりも私がいつも重宝している。旅先の一軒目は失敗したくなく、二軒目以降ならはずれても笑い話になる。ついでに書けば良い店に当たる確率は二割五分。四軒に一軒で「もう一度行きたい」というランク。その二割五分が「常連になりたい」ランクで、この本にはそれを載せた。さらにその二割五分、つまり〇・二五の三乗が「近所に住みたい」ランクで十軒ほどある。

地元でながく愛されている古い店はどこも、安くて、飽きず、良心的で、店主の人柄がよい。そこには必ず誰もが頼む名物があり、それを見つけるのが楽しみだ。一方、若い人が自分の一生の仕事として、酒も料理も経営もしっかり修業して始めた店がどんどん増えていて頼もしい。

旅の居酒屋、ご健闘を祈ります。

Film
Noir

36 油揚

昨年『75歳、油揚がある』（亜紀書房）という本を出した。その前、同じ出版社から『70歳、これからは湯豆腐』を出していただき、その続編をと言われ、冗談半分の思いつきで「では油揚ですね」と言うと、本当になった。

どちらも湯豆腐や油揚についての本ではない生き方本。高齢者になるとあっさりした豆腐が好きになるが、さらに歳を重ねたらもうひとつ進化しようではないか、豆腐が進化したものが油揚だと。しかし比喩《ひゆ》なので、油揚そのものについては書かなかった。今書きます。

安くて栄養のある油揚は子供の頃から身近で、味を意識することもなかったが、遠足や運動会の弁当がいなり寿司だとうれしかった。その他に思い出はなく、味噌汁の具に困ったときのものくらいの感じだった。

油揚のうまさを知ったのは、四十歳を過ぎ、取材で出かけた京都で、北野天満宮前の

「とようけ茶屋」二階の昼飯で何気なく食べた、焼いただけの油揚だ。田舎のべちゃりとしたものではなく、あっさり軽いのが少し焼け焦げ、カリリとした噛み心地は後を引く。終えて出た一階の小売り店には色んな豆腐、油揚類がいっぱいに並び、京都の豆腐文化を知った。やがて京都通いを始め、行きつけになった先斗町《ぽんとちょう》の居酒屋「酒亭　ばんから」でいつも注文する〈焼油揚〉は、はたしてとようけ茶屋のもので「あそこね」と知ったかぶりをしたりした。

京都のは二十×十センチと大きく、薄いのが特徴。油揚は地方にゆくほど厚くなり、名高い新潟栃尾《とちお》のは厚さ四センチもある。油揚消費量の多いのは福井県で全国平均の二倍、六十年連続日本一。福井の油揚好きは永平寺の精進料理によるという。市内の居酒屋で「これは厚揚げですね」と言うと、「いや油揚です」と断じて譲らず、厚揚げは中は白い豆腐のままだが油揚は芯まで火が通っている別物だと。なるほど。

油揚は作り手により大いに差があり、居酒屋では長岡「割烹《かっぽう》　魚仙《うおせん》」と会津「籠太《かごた》」が良く、どちらも「もう惚れ込んじゃいまして」と、自分で車を運転して山の中の遠くまで買いに行き、逸品を出す。油揚はそういう職人気質を生み出す奥深さがあるようだ。

37 ベスト油揚

小著『75歳、油揚がある』と同じときに、作家・平松洋子《ひらまつようこ》さんが『おあげさん』（PARCO出版）を出版され、「似たタイトルね」とメールで笑い合ったことがあった。一冊すべて油揚。帯は〈好きすぎて、もう何が何だか〉と油揚愛がほとばしる。〈揚げ一枚あればお酒一合はあっと言う間、二枚あれば三合飲める〉とあるのは全く共感。好きな食べ物について書くのはかえって難しいものだが、抑制しながらもときに奔流《ほんりゅう》する多彩な文学的表現は、〈「揚げ文学」ここに誕生〉と帯にある通りすばらしい。

読むうちに、今夜は油揚だなの気持ちがたまらずわいてきて、であれば買って帰らねばとなる。それはスーパーにいつもある〈日光あげ〉五枚一〇〇円だ。もちろんぺちゃんこの薄揚げで、一枚十六×七センチと小さいので使いやすく、焼きはもちろん、平松さんの言う〈おあげのたいたん〉がとてもおいしい。

作り方私流は簡単で、醤油、かつお出汁の素と一味唐辛子でひたひたに煮るだけ。たくさん作っておき、食べるときに温めて青葱を切り入れるとなお結構。日常においしい油揚のある幸せよ。これすべてもとの油揚がおいしいから。冬、熱いかけうどんにのせれば〈きつねうどん〉だ。関西の〈きざみきつね〉は、生の油揚を極力細切りしてたっぷりのせ、麺とかき混ぜて一緒に食べる。名前の美しい〈衣笠丼《きぬがさ》〉は油揚を甘辛く煮て玉子でとじた丼。豆腐の本場は京都だが、油揚の多彩な使い方もまた京都だ。

東京の居酒屋に油揚をあまり見ないのは、こんなものでお金はとれないという意識だろうか。京大阪は「こんなもん」をおいしく食べさせる。閉店した下北沢の居酒屋「両《りょう》花《はな》」の油揚はとてもおいしかったが、京都から取り寄せているとのことだった。

各地で油揚を食べ続けた最高峰は、なんと私の故郷・松本市清水「田内屋商事《たうちや》」（「田内屋」とは別の店）の〈手揚げ〉一九〇円だった。帰郷すると必ず五、六枚買って帰る。焼いて添えるのは信州人らしく大根おろしと刻み葱。うまいんだなこれが。名水の町・松本はアルプス伏流水《ふくりゅうすい》の井戸が市内至る所にあり、その「水のうまさ」は豆腐、ひいては油揚に大いに力を発揮《はっき》するのだろう。

——最後は故郷自慢でした。

38 幼い子供たち

道を小さな子たちが歩いている。子供は高い所を伝い歩くのが好きで、最後にぽんと飛び降りる。その後をよちよち歩きの子が真似しておっかなびっくりで歩き、最後にお姉ちゃんの顔を見てえいやと飛び降り、わあできたとうれしそう。スカートをひるがえして駆け出したお姉ちゃんは向こうで止まってふり返る。若いお母さんは気をつけてねと言いながらスマホに夢中だ。

若いお父さんと歩く小学四年くらいの男の子は顔を見上げてしきりに何か話し、やおら頭をヘッドロックされ「うぎゃ〜」と喜んで暴れる。背の高いお父さんは「えい」と女の子を肩車する。親と子が仲良くしている光景ほど心なごむものはない。

長野の従妹一家が、学期休みを使ってわが家に遊びに来た。子供は男（八歳）、女（七）、男（三）の三人。妻は大張りきりで、まずはその一家の車を停めるため、自分の車を近所の安い駐車場にしばらく移す。次に貸し布団を取り寄せて私の寝室に敷き詰め、一家の雑魚寝《ざこね》にする。はみ出た私は妻の部屋の床に移動。三歳児の食卓椅子も借りた食事は、何日も前から用意してたいへんだ。子供の風呂も順番で、裸で駆け出してきたのをお母さんがタオルを持って追いかけるのがいい。男の私は手伝えることがなく、一家で行くディズニーランド資金を用意してやるくらいしかできない。帰宅して仕舞い風呂に入り、邪魔にならぬように隅で一杯。

「おじいちゃん」と寄ってくるので「おじちゃんと言え」と言うと「やーだよ」と逃げてゆく。得意の指手品を見せればその指を解きほぐす。お兄ちゃんは組み立て工作が好き、女の子ははやくも女らしさがあり、下の男の子はただ走りまわるだけ。

お父さんは若いのに日本酒好きで、私と一緒に飲むのを楽しみに来た。一晩、彼の念願の谷中「鍵屋《かぎや》」に行き、その足で銀座のなじみのバーにも連れていった。

水族館や渋谷体験、ファミレスで外食もさせ、毎夜家で全員の夕飯と、大騒ぎの四日が過ぎて帰ると、妻はへとへとバタンキュー。その後しばらく数日は、あちこちで撮ったスマホ写真をじっくり眺めていた。

子供ほどよいものはない。「孫は来てよし、帰ってよし」まことにその通りでした。

39 大腸内視鏡検査

とうとうその日がやってきた。「大腸内視鏡検査」。お尻から管を入れて腸内を調べるあれだ。ここからの文は、経験者にはそうそう、未経験者には恐怖となるだろう。

六十歳になる頃、勤めていた大学の健康診断で便潜血を指摘され、病院で受診した結果、大腸ガン手術となった。「ガーン」（こういうとき誰もが使う惹句《じゃっく》）。青くなったが、病気は医者にまかすしかないと腹をくくり、腹腔鏡手術で三週間で退院。ガンは術後五年検査して何もなければ本当の完治、早期発見が大切と胃カメラ、大腸内視鏡は続け、ポリープを切除したときもあった。

その五年が過ぎると二年に一度でよいとされ、今年はその番だ。一昨年は小さいのを取り、その後十日は「禁酒」だった。今年はどうか。気の弱い私は次第に不安が。前日の食事はいろいろ制約されて面倒なので断食して水だけに。当日は朝から腸内を洗い流す下剤二リットルをゆっくり飲んでトイレに通い、腸内何も無しにもってゆく。トイレで読んだ朝刊の運勢欄「戌年《いぬ》」は〈細心の注意を払いて凶運を避けよ。本日は障害多し〉ああ……。

妻の運転で病院に向かうが、ふさぎ込むばかり。信号停止で前の車を見ると、ナンバー「7777」。おお、私は車ナンバーで運勢を占う癖があり、ベストはぞろ目、四つ同じ数字だ。その「7」はいいかも。さらに行くと、おお「1111」もいる。

痛み止め注射を終え、いよいよベッドに横になり始まった。まず一番奥まで送り、ゆっくり引き抜きながらモニターで注意深く見てゆく。看護師は「どうぞモニター見てください」とおっしゃるが私にはとても無理。かつて途中で先生が「あれ？」と声を出したことがあり、果たしてそれは大きなポリープだった。このまま無言が続くようにと祈るばかり。組板《まないた》の鯉、最悪でも早期発見と喜ぶべきだが、また十日間禁酒か。何か考えている方がいいと無理やりひねり出す。オレってほんとに肝っ玉が小さい。

しかしながいな。今日の先生は慎重なんだな。そうしておよそ三十分。抜き終えておっしゃった。

何と？

40 判定

「きれいです、何もありません」

おお！　そのうれしさよ、喜びよ、迷ったがやっぱりやってよかった、ガッツ、ベストの結果ではないか！　看護師さんに「終わりました。どうぞ起きて」と言われても、うれし涙で今しばらく横になって勝利に浸りたい。でも先生に礼を言わねばと起き上がったが、すでに退席されていた。

穴あきパンツを脱いで着替えて出ると、控えベンチで待っていた妻が居眠りしている。そのねぼけまなこに、グイと突き出したのはVサイン。ぱっと笑顔になってくれ「時間かかってるので何かあったなと思ってたのよ」と。「今夜は酒もいいそうだ」と言う私に「それですか、まあ許す」となったのでした。

出かける前の、刑場《けいじょう》に向かうような落ち込みと、何もなかった今の、さも自分のお手柄のように胸を張る情けなさよ。しかしまあ、ヨカッタ。自信がついた。

世の中には大病をかかえる方が大勢いる。こんなことでうれしがっていてはまことに申し訳ない。もっと謙虚《けんきょ》にならねば。

八十七歳で人生を終えた父は晩年、下半身不随《ふずい》の寝たきりで苦労しながらも頭は明晰《めいせき》で、愚痴も言わず立派だった。母は年齢なりに認知症になったが、おだやかに過ごしてくれていた。兄は六十五で早世《そうせい》したが飲酒の度が過ぎた。妹はさしたる病気もせずピンピンで、大腸内視鏡を奨めても「絶対やだ」と受け付けない。

妻も健康で、大腸内視鏡の経験はないが「いつかはやるのね」という口調だった。同居する妻の母は今年九十歳、元気で朝の散歩を続けている。老人ホームに入らず、身近にいてくれるのは大きな安心感だ。

そして自分のことは自分でだ。今は健康な妻が付き添ってくれる安心感があるが、一人で行かなくてはならないときも、いやこちらが付き添いにまわるときも、いや両方が寝込んでしまうこともあり得る。なんでも想定しておかなければ。

何もなくて浮かれていたが、そういうことを考えさせられた。

今日はラッキーだったのだ。感謝して一杯やろう。

41 煙草《たばこ》

煙草は健康によくないと、すっかり嫌われ者になり、人の集まる場所も飲食店もみな禁煙になった。道はずれの囲われた一角で、煙の出ない電子煙草とやらをくわえているのはわびしい光景だ。若い頃は一日一箱くらい吸い、ながい残業となると煙草が買ってあるか確かめた。銘柄は「ハイライト」。デザイン原稿を床に置き、立って遠くから眺めるときの一服は、それまでの集中をほぐし客観的に見させてくれる。その二、三服ですぐ気づき、机に戻して修正してゆく。じつに仕事の必需品で、灰皿は長い吸い殻で山となった。

ある俳句会に誘われ、それには俳号が必要となり、一服ふかしながら考えた。その頃は「セブンスター」で、指にはさんだのをしばし眺め「七星《しちせい》」と名乗ることにした。禁煙した今もこれで続けている。

禁煙を決意したのは、ある夜開いた週刊誌の大橋巨泉《おおはしきょせん》の連載エッセイに、毎年暮に自宅で忘年会を開き、喫煙はベランダでと決めていたが、気づくと喫煙者は自分だけになっていた、とあるのを読んだときだ。じゃあ止めようと、その頃の「マイルドセブン」をもみ消し、残りも捨てた。禁煙したが続かなく、これで三度目などという話をよく聞いたが、私はそういうことはなく、隣で吸われても欲しいと思わなくなった。

昔の日本映画を見ると、男優はじつによく煙草を吸い、台詞《せりふ》の出だしにまず一服つけて、がパターン化した演技だった。しかも火をつけたマッチは床にポイと捨て、吸い殻も床に落として靴で踏みにじっていた。今は道路でもこれはできない。

煙草が似合う女優は何といっても淡路恵子《あわじけいこ》。一本をはさんだ細い赤いマニキュアの指先が美しく、煙をふうと吐いてタイトスカートのきれいな脚を組み直し、「それで？」と言うお決まり場面はとても魅力だ。

私の好きなのは葉巻で、昔はキューバの太いのをホルダーで持ち歩いて粋がっていた。今も喫煙可のバーに入ると、中細のシガリロをもらい火をつける。ふう〜と煙を吐き出して見直し、やっぱり煙草ってうまいなと。もうあと何年も生きないから、そろそろ喫煙復活させようかとも思うが、まだ実行していない。

42 裸足

靴が嫌いで裸足好き。仕事場に着くとすぐ靴も靴下も脱いで素足になり、い草を編んだ草履に履き替える。家では竹皮草履を愛用しているが、この頃はもう素足のままがよくなった。ひんやりした木の床の感触が気持ちよい。スリッパは指先が隠れて熱がこもるうえに、すぐ脱げるので嫌い。

気の置けない居酒屋で靴を脱いで小上がりに座ると、行儀悪いが靴下も脱いでしまう。その解放感。たまに畳座敷だと、もう裸足にならなければもったいないとばかり、足裏の感触を楽しむ。い草も竹皮も廊下も畳も、足の熱気を吸い取ってひんやりと熱がこもらないところが共通する。日本人は裸足派なのだ。日本は玄関で履物を脱ぐが、西洋では家の中でも靴を履いているとか。

夏になると靴はやめて、もっぱらサンダルだ。その季節が来るとうれしい。ドイツ製のビルケンシュトックは、鼻緒違いで三足も持っている。さらに良いのはビーチサンダル、ビーサンだ。これもあれこれ七、八種持っており、最も基本はスワロー印で、沖縄では黄色が基本とされる。表面が凸凹《でこぼこ》した健康サンダルもある。

履物の別格は下駄《げた》だ。あの柾目板《まさめいた》の足触り、鼻緒の温かさ、カラコロ音、さらに背も高くなる。着物でなくても、普通の黒ズボンに下駄で散歩はいいものだ。

きちんとした着物のときは足袋《たび》に草履だが、慣れないととても履きにくく、そのうえつっかけるだけが粋なので、歩きにくくもある。テレビ番組でたまに着物姿になるが、歩く場面は草履でも、移動はビーサンとは情けない。

裸足はいい。夏のキャンプで川に足を浸す気持ちよさ。また温泉の足湯。若い女性も一緒で足をゆらゆらさせるのがうれしい（コラ）。

裸足派ゆえ足の裏はとても大切にして、夜寝る前は、風呂上がりの足に資生堂の尿素クリーム（顔用です）を塗り、かかとを中心に入念にマッサージ。五分もすると硬いかかとが揉み込まれて法悦境《ほうえつきょう》に至る。その後足指の間に手指をはさみ込んでほぐすのもいい気持ち。私の足裏はとてもきれいだが、見せる相手がいない。

足裏ヘンタイです。

43 バブアー好き

歳をとったから目立つおしゃれはせず、ユニクロか無印良品で個性のない服を買う。色は黒。合うものは三着も四着も買い、よれよれにならないうちに新品に換える。皺《しわ》だらけの老人は服装を小ざっぱりさせるのが肝要だ。

でも好きな服も着たい。私の何十年もの愛用はイギリスの「Barbour／バブアー」だ。一八九四年にカントリーウェアから出発。開発したワックスジャケットは、表地はオイル加工されて水をはじき、両側に大きな蓋付きポケット、両胸にはハンドウォームポケット。後ろ裾はバイクや乗馬用に両側が割れるサイドベンツでホック留め、裏地は重厚なタータンチェック。超頑丈な金属ジッパーが内側と外側に二本通り、さらにスナップボタンをかぶす。袖口はニットで二重。すべてに共通するのは襟が茶色のコーデュロイであること。

造りはハードでも、乗馬や釣りなどカントリーライフ好きな英国紳士にふさわしいエレガントセンスが絶妙だ。何に使うのかよくわからないボタンや小ポケットがいっぱいあるのも不思議で、オイルコーティングゆえ洗濯には出せず、一番古い一着は専用オイルを温めて自分で塗り直した。代表的なモスグリーンのジャケット以来、紺地や、丈のあるコートなど、もう全アイテムかと思える十着ほどは本場ロンドンで買ったのもある。その良さは、新品よりも使い込んだ味わいにある。仙台の古着屋で買った紺ジャケットは、両袖口が傷んできたのを十センチほど新生地で修復してあり、持主がそこまで愛用していたのを着れるのがうれしかった。

ここ数年、東京でも人気があり街でよく見かけるが、若い人にはあまり着こなせていないようだ。こちらは老人、かなりヘビーに着古された紺色ロングジャケットあたりは自慢だ。原宿の小さな直営店に軽めのレインコートが新作で出ていて購入したけれど、味が出るまでこちらが生きているか。

一九三六年から七七年にかけて作っていたモーターサイクル用のスーツは大評判となった。映画『アラビアのロレンス』の冒頭は、主演のピーター・オトゥールがバイク事故で死ぬ場面だ。そのとき着ていたのはきっとバブアーだっただろう。

44 古着コート

服は使い込んで味わいが出ると知り、古着好きになった。古着屋に並ぶのは外国の個性のない平凡な日常着ばかりなのがいい。東京では下北沢と高円寺に多く、銭湯を改造した古着屋を番組で訪ねたとき、緑チェックのシャツをいいなあと手に取ると、私のファンという店主が「どうぞ持ってってください」とプレゼントしてくれ、アメリカの田舎の高校生あたりが着ていたのかなあと楽しく想像する一着になった。神戸、京都も古着は多く、ブランドなんか着ないよという気概《きがい》を感じる。

古着の王者はコートだ。コートの良さは上から下まで包むゆえ、すっきりとシンプルに背が高くなること。冬の紺ダッフルコートは私の定番。ダブル前合わせのスタンダードな紺オーバーもいい。やや軽いレインコートは上着代わりで、脱いで肩にかけても様になる。不思議に若い男には似合わず、コートが着られたら一人前ということか。

コート好きの私は古着でいっぱい持っているが、その中でも、作業着コートに神髄を見つけた。ライン作業用らしい深緑色、何語かわからないがラベルに〈DE ZIJL BEDRIJVEN 100% KATOEN〉とあるのは、丈夫な生地で裏地はなく、前打ち合わせはパパッと着脱できる粘着テープ。すっと道具を出せるパッチポケットが胸にもあるのは筆記具用か。腰背の縫い付けベルトが仕事の緊張感を生むようだ。

明るい青地で前打ち合わせがホック留めの一着は、胸に大きく自動車ベンツのマークと〈GRUPPENMEISTER H・WOHLSCHLOGL〉と入り、何用だろうか。同じく〈JL〉のロゴマークに〈lemarchand made in france〉と入るのもある。

古着にシンパシーを感じるのは歳とったからだ。もう四十年も着て、ついに襟も擦り切れてしまったレインコートは捨てられない。濃紺の一着はややフォーマルだが、古くなった今こそが一番映える。老年男に最も似合う服は着古して味の出たコートだが、コート以外は靴も含めさっぱりときれいな新品にすることが肝要。髪型もまたきちんと清潔であればこそ、意識して着た古着が生きる。古着の着方は難しいですぞ。

ある女性編集者が「太田さん、コート似合いますね」と言ってくれたのがうれしく、それを着て銀座のバーにお誘いしたのでした。

45 コートの女性

コートの似合う女性は素敵だ。フランソワ・トリュフォー監督『ピアニストを撃て』（1960年）のラストは、銃弾に倒れて雪原を滑り落ちた女性が、恋人シャルル・アズナヴールに「あなたに見られて死ぬのはうれしいわ」と言ってにっこりし、目を閉じる。演ずるマリー・デュボワは終始トレンチコート。一目で惚れたその姿を大学の卒業制作でも登場させた。

日本の女優でトレンチコートが似合うのは北原三枝《きたはらみえ》だ。『俺は待ってるぜ』（1957年）の冒頭シーン。横浜の波止場《はとば》で小さなレストランをやる石原裕次郎《いしはらゆうじろう》は夜、店を片づけ、鍵を締め、電灯を消し、コツコツと桟橋を歩いていくと、水際にしゃがんでたたずむ濡れたトレンチコートの北原三枝を見つける。裕次郎は連れてバーに戻り、温かいものを出してやる。よかったなあ。

トレンチコートは第一次大戦中のイギリス軍で、塹壕《ざんごう》（トレンチ）で着る軍服として作られた。防水生地の雨除け肩当て付きダブル打ち合わせ、ショルダーストラップは銃や水筒の紐をはさみ、腰ベルトには手榴弾《しゅりゅうだん》を下げるフック、袖口は細ベルトで締められ、ポケットには留めボタン付きの蓋がかぶる。

ハンフリー・ボガートらハードボイルド暗黒映画の制服となり、アラン・ドロンの『サムライ』（1967年）はトレンチコート映画の最高傑作だ。軍服はきちんと着るもので、平時に下に着るのはスーツにネクタイでなければならず、これが面倒で私はあまり着なくなった。女性の場合は、本来優雅な女性が男の堅い軍服を着たという倒錯的《とうさくてき》な味になり、「絶対」下はスカートでなければならない。

男も女もよい年齢になるとコートが似合ってくる。雨の夜の外苑《がいえん》。女性はトレンチ、男性（私）はレインコートの二人が一つ傘で黙ってゆっくり歩いてくる。やがて開いた傘をそのまま地面に置き、雨に濡れるのもかまわず抱き合い接吻《せっぷん》する。

「カーットー！　ダメダメ形だけじゃ、本気出して！」監督が叫んだ。そうか本気出していいんだ。

ガツン！　後ろからすりこ木で殴られ「ナニ考えてんの！」と声が飛んだとさ。

46 誤餐《ごさん》

懐かしい赤信号劇団の演劇公演『誤餐』を観に行った。渡辺正行《わたなべまさゆき》・ラサール石井《いしい》・小宮孝泰《こみやたかやす》が大学時代に結成したコント赤信号は一九七九年のテレビ「花王名人劇場」時代から知っており、ごひいき「星屑の会」や三宅裕司《みやけゆうじ》の「熱海五郎一座」にもレギュラーで、私には一番身近な役者たちだ。ちらしによると、自分たちはお笑い芸人だが、どうしても芝居がやりたいと事務所社長に直訴して一九八四年に始めたのが赤信号劇団で、十四回の公演を重ねた。それをなんと二十八年ぶりに、初演時の室井滋《むろいしげる》を再び女優に迎え、同じ下北沢ザ・スズナリで公演するという。赤信号劇団は、そのつど注目の劇作家に新作を依頼しており、今回主導した小宮は劇団「KAKUTA」主宰、文化庁芸術祭新人賞、読売文学賞戯曲《ぎきょく》・シナリオ賞などを受賞した桑原裕子《くわばらゆうこ》に作演出を依頼した。

これを観に行かずにいられるか！

おなじみのぼろ小劇場、ザ・スズナリは人でいっぱいだ。私は前売りを買ってあったが、当日券の人は前売り全員が着席した後、順次自ら折畳みパイプ椅子を手に入場して通路を埋め、完全満員となった熱気の中で暗転して開演。

明るくなった舞台の奥で何やらガラスの割れる音がして、こちらによたよた駆けて来た小宮はなんとパンツ一丁の貧弱な裸。そこを追ってきた渡辺はネクタイスーツ姿でワインの割れ瓶を持っている。なんじゃこりゃ。

小宮は渡辺の留守を狙い、渡辺の妻と間男しに来たのが見つかりあたふたしていたのだ。そこから始まる、図々しい小宮、渡辺のガキ友でたたき上げのラサール、浮気の何が悪いと居直る妻（那須凛《なすりん》）、久しぶりに訪ねてきた大学の教え子（室井滋）、その子らがフクザツな関係を見せてゆく。

渡辺は喜劇には珍しい大学教授という役が似合い、名誉や地位を得ながら、事なかれ主義でやってきた過去を二人の女性により赤裸々《せきらら》にさせられてゆく。喜劇が存分にできる俳優の持ち味を使って、人生の悲哀《ひあい》を重厚に浮かび上がらせた舞台はすばらしく、「何かが消えると見えてくるものがあるのよね」と言う室井滋の女優としての厚み、那須凛の初々しい向こう意気がとてもよかった。続けろ！　赤信号劇団。

47　犬狼都市《キュノポリス》

山のようになった本を処分しなければならないが、これだけは手放せない一冊もある。稀覯本《きこうぼん》というほどでもないが書いてみたい。

澁澤龍彥《しぶさわたつひこ》との出会いは大学生のときに買った『夢の宇宙誌』（美術出版社／1964年）で、それまでのアカデミズムとは全く異なる反世界的美学を、豊富な図版と該博《がいはく》な知識で書き下ろし、すっかり洗脳された。以来『神聖受胎』『暗黒のメルヘン』『エロスの解剖』『黒魔術の手帖』『秘密結社の手帖』『スクリーンの夢魔《むま》』『唐草物語』『玩物草紙』『ビブリオテカ澁澤龍彥全集』『澁澤龍彥事典』などなどを手にする。

評論ではない最初の創作小説が『犬狼都市』（桃源社／1962年）で、中編「犬狼都市」「陽物神譚《ようぶつしんたん》」「マドンナの真珠」が収められている。

〈「婚約指輪が送られて来たというのに、お前は手に取ってみようともしないで、今までどこを歩きまわっていたのだね」と父親が咎《とが》めるように言うのを聞き流して、麗子は、肩からさっさと重い二連銃をはずし、革のジャンパーを脱ぐと、撃ち落としてきた五六羽の小鳥の、まだなまあたたかい骸《なきがら》を、ひとかたまりにして、テーブルの上にどさりと投げ出した。〉

「犬狼都市」冒頭より読み進め、独自の世界観があれば創作はできる、独自の世界観こそは創作の前提と知った。一九七九年、唐十郎は「唐版犬狼都市」を上演している。

グラフィックデザインを学んでいた私はこの本の装丁に心奪われた。表題、副題「キュノポリス」、竪琴《たてごと》のような中世風図版をシンメトリーに罫囲みした白箱。フランス装の本体は銀地に金の箔押し。何よりも驚いたのは本文が緑色で刷られていたことだ。帯の惹句〈倦怠《けんたい》と懶惰《らいだ》に沈み逝く、文明の崩れ落ちる巧緻《こうち》な世界を、恐怖と戦慄《せんりつ》の調べに乗せて展開する……〉もおどろおどろしい。そういう世界であればこそ端正に仕上げる。私のデザイン作法の第一章をここで得たのだった。

晩年の長編『高丘親王航海記』（文藝春秋／1987年）は、異端好み、アイロニーなどをとうに超越。端正華麗にして読みやすい筆致《ひっち》で、それまで重ねてきたものが昇華して一世界飛び越え、幻想の王国へ向かう物語だった。

48 青き菊の主題

前衛短歌の塚本邦雄《つかもとくにお》を知って、次々に著書を買い求めるようになった。『黄昏《たそがれ》に獻《けん》ず』『驟《しゅう》雨《う》修《しゅう》辭《じ》學《がく》』『空蟬《うつせみ》昇天』『連彈《れんだん》』『琥珀《こはく》貴公子』『青き菊の主題』『雨の四君子《しくんし》』『紺青《こんじょう》のわかれ』『十二神將變』『遊神圖』『翡翠《ひすい》逍遥《しょうよう》』『眩暈《めまい》祈祷《きとう》書』『國語《こくご》精粋《せいすい》記』『玉蟲《たまむし》遁走《とんそう》曲』『詞華《しか》美術館』『花名散策』等々。箱入り、布装、装幀《そうてい》・政田岑《まさだみね》生《お》、定価だいたい三五〇〇円以上は、ずしりと本らしい本ばかり。『驟雨修辭學』は本文の中ほど数十ページのみ用紙を白ではなく薄黄色に替えている。

帯に〈成熟の極に立つ歌人の自らの生を詩歌に賭けた試みの書。撩乱《りょうらん》たる歌篇に、光彩陸離たる瞬篇小説を配し、互いに融合背反《はいはん》させながら、韻文と散文の間を遊行して、非在、未踏《みとう》、不可視の唯美《ゆいび》の世界を幻出させた、青き菊薫る第九歌集〉とある『青き菊の主題』（人文書院／1973年）の本文は水色の枠に囲まれて、一ページ中央に一首が大きく置かれる。

青き菊の主題をおきて待つわれにかへり来よ海の底まで秋
水の上に死の鶯《うぐいす》の眸《まみ》とぢて恥うつくしき日日は過ぎたり
寝臺《しんだい》は夜夜の柩《ひつぎ》にかざるべき一莖《ひとくき》の菊愛より青し
書名も本文も旧仮名、旧字に徹底して荘重《そうちょう》だ。そして目次

桃夭樂
空中伽藍
水中斜塔圖
青き菊の主題
火宅揺籃歌
網膜遊行
雄蘂變

明らかに組型にこだわり、文字を意味だけでなく美としてとらえていることがわかり、同様の趣向は他の書にも見られる。歌のすばらしさだけでなく、グラフィックデザインの基本中の基本、文字組みをしっかり叩き込まれた。

49 クシー君の発明

箱入りハードカバー布装の単行本コミック。金髪、蝶ネクタイに赤いジャケット、緑チェックの半ズボン、スコッチ柄のカラフルなハイソックスにバックスキンスニーカーの少年「クシー」は、肩吊りズボンの兎「レプス」と夜の街を散歩する。

二人（？）とも子供なのに愛煙家で口から煙の輪を吐く。昼の場面は全くなく、夜の街に走る電車や自動車は丁寧に描かれ、フィアット、二人乗りスクーター・ベスパなどイタリア車が多い。

〈電車通りなら大好きだ。ネオン・サインやテール・ランプが、星の光と交差して、毎晩来るのに、いつも知らない街みたい〉

ラムネ瓶のビー玉を抜いてスパークシュガーを入れ、月の光を集めて水を作る。

もう一人の友達で同じ理科クラブの「イオタ君」と角の「プロペラ商会」に入って見入る、ぜんまい仕掛けのバイオリン弾き、バッテリー・トレイン、七色プリズム、立体スコープ、四センチ赤道儀《せきどうぎ》、スタートカメラ、交流モーター、手動ダイナモ、鉱石受信器などの絵は詳細だ。

バスで知り合ったアナナイ天文台のキセノン博士に連れられた郊外のプラネタリウムは天井がなく、博士は「スクリーンなんていらないさ、もう映ってるよ」と上を指さし、「空に星があるなんてウソ、本当は、このプラネタリウムから発せられた光が空のスクリーン上をずっとずっと遠ざかってゆく姿に過ぎないのだよ」と説《と》く。

どこか覚えのある世界と感じていて〈コメット・タルホ氏にならい、モーター・バイクで、土星のリングめぐりを試みた〉の吹き出しで稲垣足穂《いながきたるほ》と気づいた。

モダンでしゃれた漫画は、ベルギーの漫画家エルジェ作、八十カ国語以上に翻訳されて三億五千万部、スピルバーグ監督で立体アニメ化された『タンタンの冒険』を思わせる。水色セーターに茶のニッカポッカ、レインコートのタンタンと相棒の白犬スノーウィは私も大ファンで、京都のタンタンショップで買った人形を飾っている。

クシー君には熱狂的ファンがいるそうだ。作者・鴨沢祐仁《かもさわゆうじ》。初出は漫画雑誌「ガロ」。単行本は青林堂刊／一九八〇年。私は神保町あたりで買ったのか。

50 少年王者

子供時代に熱中した絵物語は『少年王者』だ。主人公の少年は真吾。まだ暗黒大陸といわれたアフリカに福音《ふくいん》と風土病の研究に来ていた牧村勇造《まきむらゆうぞう》博士の一子で、密林でさらわれてゴリラに育てられ、立派な若者に成長し恐竜や魔神と対決する。

ターザンの少年版ともいえる物語は一九四六年に四十八ページの第一集「生い立ち篇」が貧しい用紙で出版されると、少年少女に熱狂的ブームとなった。その年に生まれた私が知ったのは、月刊少年雑誌「おもしろブック」に毎月八ページ連載されるようになったのを見てからだ。

魅力は波乱万丈《はらんばんじょう》のストーリーを描き表す作者・山川惣治《やまかわそうじ》の迫力ある画だ。冒頭、コンゴの奥深いマウントサタン山塊《さんかい》のスケール感、深い密林や神秘の湖水の克明さ。何より迫力あるのはナイフを手にする真吾と、ライオンやゴリラ、恐竜などを相手にした、一コマごとに構図、視点、アングルを変えた迫真の格闘で、野獣の目は必ず意思を表しているのが迫力だ。

真吾が守る「すい子さん」は、ジャングルでもつねに真っ赤なワンピーススカートで、腰布一丁の裸の真吾と対比を見せ子供心に憧れを持たせる。真吾を助ける、鎖を切った手錠のままの黒人「ザンバロ」は頼もしく、スフィンクスの仮面を被《かぶ》った怪人「アメンホテップ」、滑稽《こっけい》な「河馬《かば》男」、怪しい「豹《ひょう》の老婆」など多彩な脇役たち。

家で雑誌はとってもらえず、兄が借りてきた「おもしろブック」をむさぼるように読んだ。終盤、舞台は密林を出てトラックなどが走る都会に移り、さらに裸の真吾は都会におけるターザンとなる。悪事のすべてを後ろであやつる「魔神ウーラ」の正体は日本人悪徳商人、その名は「太田」とわかったときの、ああ、悲しさよ！

六十五歳で早世した兄の本棚にこの復刻版全三集（集英社／1977年）があるのを見つけ、もらってきて再読した。黒と赤の二色刷り挿絵の、コマ割り、構図、視点、動物も含めたすべての描写力に改めて感動した。

映画が好きになり、仕事でダイナミックな広告写真が得意になったのは、このへんの影響があったのかもしれない。

51 文章法

仕事場に通う目黒通りに面した高級マンションは、火曜日が路上に紙ゴミを出す日で、いつも段ボール類とは別にたくさんの本が整理されて出る。束ねられてわからないが、分厚い仏和字典など辞書類、工学専門書、学術専門誌、高級美術雑誌などから所有者は教養ある学者だろうか。あるとき函《はこ》入りの『星の王子さま』(岩波書店)があり、昔持っていたのは幼い従妹にあげていたので、懐かしさで頂戴《ちょうだい》した。今朝は『悪文』(岩淵悦太郎編著/日本評論社)があり、ははあ文章を書く方かもしれないと思った。

ある頃から文を書くのも仕事になり、ならば少し勉強しようと谷崎潤一郎《たにざきじゅんいちろう》、三島由紀夫《みしまゆきお》、丸谷才一《まるやさいいち》らの「文章読本」を開いたが文学向けと感じた。『悪文』はもっと基本の、段落や改行などを、悪い用例で具体的に説明。「が」の多用を避けよとの指摘以来、「が」には気をつけるようになった。前ページに書いた『少年王者』の冒頭を、〈子供時代に熱中した絵物語が、『少年王者』だ〉と書いて「が」に気づき、

〈子供時代、絵物語『少年王者』に熱中した〉と直したが、なんだか弱くなり、〈子供時代に熱中した絵物語は『少年王者』だ〉と「は」に直した。

最初の「が」はなんとなく意外感を見せているようで嫌みだったのが素直になったと思うが（また「が」が出た。結語の「が」は「いかがでしょうか」の省略のつもりですが。……ほらまた「が」だ）。

最も影響されたのは『日本語の作文技術』（本多勝一《ほんだかついち》／朝日新聞社／１９７６年）だ。悪例をたっぷり引用して、ひとり合点、饒舌《じょうぜつ》、常套句《じょうとうく》、紋切り型、自己陶酔《とうすい》などを指摘した修正例に全く納得でき、自分も似たような書き方をしていたかもしれないと冷や汗をかいた。ここでも接続助詞「が」については詳しく言及している。本多勝一は新聞記者。新聞文の基本は「５Ｗ１Ｈ＝ＷＨＥＮ、ＷＨＥＲＥ、ＷＨＯ、ＷＨＡＴ、ＷＨＹ、ＨＯＷ」。創作ではなくルポを書く自分はこれが大切と決め、冒頭はさりげなく、結びは余韻《よいん》が大切、も真似るようにした。

書き手が文章法について書くのは墓穴《ぼけつ》掘りに他ならないけれど書いてしまった。

――いかがでしょうか。

52 ペンネーム

陸津悠《りくつゆう》、呉佐計雄《くれさけお》、野見杉太郎《のみすぎたろう》、伴釈也《ばんしゃくや》。この人を知っていますか。知るわけはない、すべて私のペンネームです。

雑誌にさまざまな原稿を書いていた頃「架空座談会」の手法をよく使った。この良さは色んな意見をすべて並列で出せるところ。

陸津　居酒屋のベストなら谷中の「鍵屋」で決まり。あの風格は貴重だ

呉　風格なら「伊勢藤《いせとう》」を忘れちゃ困る、建物としても遺産級

野見　東京しか見てないね、関西、特に京都は居酒屋といえども洗練《せんれん》があるよ

伴　洗練かい。居酒屋は大衆のもの、そこを忘れて……

てな調子。一人の論書き下ろしではできない並列や言いっ放しを会話で延々と続けられる。口調、人柄、権威的、異論好き、文学派、ただの呑んべいなど、出席者の個性を作るのも見せどころで、テーマよりもそちらがおもしろい。座談会の最後は（笑い）で

終わるのが常道だが、こちらはつねに（シーン）と盛り下げた。ペンネームの由来？　ご想像通りです。

都会派の雑誌「ブルータス」に頼まれた映画コラムは陸津悠にして、本名では書きにくい独断と偏見がずばずば出せ、ためにか好評長期連載に。陸津悠宛ての手紙も来たとか。「デイズ・ジャパン」で始めた新聞風の映画連載「コンビニエンス・シネマ通信」は大勢の筆者の寄稿に見せるため全員登場。古典名作に詳しい水戸夏人《みとなっと》、徹底娯楽派の奥飛騨宏《おくひだひろし》、一言居士《いちげんこじ》・矢似鳴太《やになった》などすべて私。理屈好きの陸津先生は映画評論家で登場、質問にエラそうに答える形式で進み、最後に足をすくわれるパターンだった。

こういう遊びノリの記事はあまり作られなく、そもそも紙雑誌は衰退だ。昨年、小学館文庫で出していただいた『飲むぞ今夜も、東京で』は、以前雑誌「東京人」でやった「蒙御免！　大東京令和居酒屋番付審議会」を久々ひらいて巻末に書き下ろし登場、行司・陸津悠、審議委員・呉佐計雄、野見杉太郎、伴釈也が勢ぞろいして大いに放談したことでした。

53 新聞発行

子供の頃から新聞発行が好きだった。最初は小学生のときの「スポーツタイムズ」で、B4のわら半紙に鉛筆書き。袋文字のロゴは今でも書ける。新聞のおもしろさは一枚に色んな記事のあること。トップニュース、身近な話題、論説、漫画などを見出しをつけながら書いてゆく。できて父に見せると「ほう」と読んでくれた。

中学では新聞部に入り学校新聞を作る。校内の割れガラス窓の枚数を調べて書く「調査報道」も。慣れると「日刊」で発行、毎日渡り廊下の掲示板に貼り出した。

酒好き仲間で居酒屋研究会を作り「季刊居酒屋研究」を発行。飲み会のレポートや評価、架空座談会などを編集。一九九〇年の「タタキで冷や酒号」、トップ見出し〈研究会、全員集合の快挙　熱心、というよりヒマ?〉を創刊号に十四号まで発行。雑誌「デイズ・ジャパン」で記事になり、それを伝える「寒いぞ　ひれ酒号」は〈「デイズ」誌、特集好評！　疑問視する上層部〉と書かれる。

勤めた資生堂宣伝制作室では「週間制作室」を発行。〈制作室に新人5人　ここにも女性の波〉〈野球部この1年　「全敗」内紛に発展〉〈宣伝部旅行今夕出発　心配される不祥事〉〈野球部歴史的勝利　『なせば成る』は生きていた〉と九号まで続く。

気に入って通っていた大井町の名画座・大井武蔵野館のために作った「OMF〈大井武蔵野館〉会報」は一九八九年の「突然創刊号」を支配人の小野さんに送ると薄気味悪がられたが、後日オレが作っていると言うと「なーんだ太田さんか」と一笑《いっしょう》、以降館内に貼ってくれるようになった。見出し〈映画ファンの夢、今ここに　第1回全日本とんでもない映画祭〉〈またもや市川フェスティバル　ただし今度は雷蔵だ〉などが懐かしい。今、大井武蔵野館の本を作っているので復刻しよう。

作家・椎名誠さんの主宰するホネ・フィルムの映画作りを手伝うようになり、パブリシティ紙「ホネ通信」を発行。新作内容やロケの状況、監督インタビュー、出演者紹介などをマスコミ向けに書き、モンゴルロケの『白い馬』では、訪ねて来た和田誠さんと二人で草原に座ってもらい「誠対談」などもやった。

三つ子の魂百までも。新聞発行好きは今でも続いています。

KAY STARR
in a
Blue Mood
STEREO

54 黄色の花

黄色の花が好きだ。

春来たる黄色い花が台所に

昔句会で詠《よ》み、渡辺文雄さんに「春、最初に咲く花は黄色」と講評されてうれしかった。白い花は清純、赤い花は情熱、青い花は知的、紫の花は神秘。であれば黄色の花は「幸せ」でどうだろう。あまり過激でなく、ほのかに温かく、眠気を誘うような。

早春はフリージアがいい。順次つぼみが開花し、黄色も濃くなってゆくのは春そのもの。花言葉は「友情」、これもいいな。ある日妻が買ってきた大輪の芍薬《しゃくやく》は、白ではないという程度の淡黄がまことに品よく、「百花の王」といわれる牡丹《ぼたん》には〈白牡丹といふといへども紅ほのか〉の名句があり、こちらは〈芍薬は白きなれども黄ほのか〉か。この色の花が部屋にあると平和な気持ちになれる。「白菊のような」は凛とした形容。黄菊は親しみがわき、長持ちする小菊をどっさり飾りたい。

黄色い花の代表格は菜の花だろう。家に飾ってもよいが、自然の大地に一面に広がるのが本領で、緑の若い生命力と黄色の純な初々しさがいい。花言葉「活発」は生命の誕生だ。先日訪ねた四国吉野川の土手は、悠々たる大河の流れに沿って十数メートルも真っ盛りに菜の花が広がってすばらしかった。

司馬《しば》遼太郎《りょうたろう》の長編小説『菜の花の沖』は淡路島が舞台。であれば菜の花群の向こうは海。人の住むこちら、出てゆく海、色の対比までイメージされる。司馬の命日は「菜の花忌」と名付けられた。

俳句ならばご存じ、蕪村《ぶそん》の名句。

菜の花や月は東に日は西に

ながくなった日和《ひより》も西に閉じる頃、東にははやくも月が顔を出した。

菜の花畠に入り日薄れ

見わたす山の端かすみ深し

唱歌「朧月夜《おぼろづきよ》」は子供の頃から大好きで愛唱していたが、作詞は長野県北信州出身の高野辰之《たかのたつゆき》と知って得心《とくしん》するものがあった。これは私の故郷を歌ったのだった。

55　短歌、俳句

寂しさに宿を立ち出でてながむればいづこも同じ秋の夕暮　　良選法師

小倉百人一首はわが家正月の恒例行事で、夕食を終えると畳に札を並べ取り合った。幼い私はこれで短歌に親しみ、百首はだいたい空で言える。

観覧車回れよ回れ想ひ出は君には一日《ひとひ》我には一生《ひとよ》　　栗木京子

作者大学生のときの歌。短歌は古典的と思っていたが、若い女性の情感を動的にみずみずしく詠んだこの歌は、現代にも生きる詩形とわからせた。

マッチ擦るつかのま海に霧ふかし身捨つるほどの祖国はありや　　寺山修司

鮮烈なこの作は大学時代とても人気があった。後年、語句に先例がありどこまで実感かとの批判を受けたが、言葉の並べ方、持ってゆき方のうまさを知った。

前段で舞台を示し後段で心情を吐露《とろ》する短歌は文学的なのに対し、状況だけ示す俳句は写真的といえるか。ビジュアル派の私は俳句なら作れるか。

あきかぜのふきぬけゆくや人の中
神田川祭りの中をながれけり
久保田万太郎《くぼたまんたろう》の、見たままの静的情感は俳句の神髄だ。
水枕ガバリと寒い海がある
手品師の指いきいきと地下の街
中年や遠くみのれる夜の桃
西東三鬼《さいとうさんき》を知って俳句の概念ががらりと変わった。水枕に詠み込んだ孤独感。その場所で何に不意打ちされたか。人生の永遠を一つの果実に見る表現力。
広島や卵くふ時口ひらく
緑陰に三人の老婆笑へりき
昇降機しづかに雷の夜を昇る
炎天の犬捕り低く唄ひ出す
それまでの俳句にはないモチーフで描き出す感覚世界に傾倒し、懸命に真似たができるわけはなく、真逆の万太郎に戻ったときも。私にその才はないと明確になるばかりだ。

56 言葉遣い

ズージャ、シーメ、ヒーコ、ボンズ、チャンネー、パイオツ。わかりますか？ジャズ、メシ、コーヒー、ズボン、ネーチャン、オッパイ。十代のガキだった頃、粋がってなんでも逆に言っていた。

「何で帰る？」「シータク」

……たく。ジャズ屋さんの楽屋言葉からという説もあるが、自分たちだけで通用する隠語は若いときは使ってみたいもの。もちろん今はそんなことはしない。

言葉遣いはおもしろい。好きなのは戦前のお嬢様言葉。

「ごめんあそばせ」「ですのよ」「そうかしら」「よくってよ」「いけないわ」

私の従妹は初等科からずっと女子学習院で帰り際の挨拶「ごきげんよう」が自然だった。東洋英和女学院を出たお嬢様女優・高峰《たかみね》三枝子《みえこ》の「ごめんあそばせ」は「ごめんあそあせ」に聞こえた。

「それ言うたらお終いでんがな、まああんじょうしときますさかい、もうちぃと待っといてんか」。関西言葉はやわらかく、つい納得してしまう。

「その点はもう当社といたしましては最善の方法で対処させていただき、カードも使わさせていただき、三日で納品をお約束させていただきます」

させていただきます連発バカ丁寧に真実味なし。

電話が鳴り「NTT東の○○と申します、貴社の電話回線は××でしょうか、それとも……」。いきなり電話で質問するな。面倒だから黙ってガチャンだが、これも新人社員の仕事なのかもしれない。電話に無愛想なのは私の悪い癖だ。

電話は用件のみ手短にとつねに言われてきた。学生の頃、十円玉を用意して公衆電話で実家に長距離をかけるとどんどん落ちてゆき、ひやひやした。社会人になってようやく下宿に黒電話を入れ、テストで実家にかけると「料金がもったいないからこっちからかけ直す」とすぐ切れた。

携帯電話は持っているが電源はつねに切ってあり、こちらからかける専用で、メールも機能していない。よって、誰からもかかってこなくなった。

57 白ご飯にのせて

東京農大名誉教授・農学博士、小泉武夫《こいずみたけお》先生の近著『魚は粗《あら》がいちばん旨い』（新潮文庫）に解説をおおせつかり、一献《いっこん》した帰りに袋入りの本枯《ほんかれ》鰹節・かつおかれぶし削り、その名も〈醗酵仮面　小泉武夫節〉（発売・日本橋にんべん）を頂戴した。毎日が醗酵食品の先生はお歳のはずだが、シミひとつないお顔はつやつやと若々しい。「これはいい出汁がとれそうですね」「ダメダメダメダメダメ、そのまま白いご飯にかけて」。ダメを四回繰り返しておっしゃった。それではと後日、熱々白ご飯にのせ醤油少したらりでわしわしわしわし。その香りよ、風味よ、さらに大づかみにひと盛り。昼食は五分で終わった。これはうまいわ。

上にのせて白ご飯をおいしくさせるものはたくさんある。私の常備は〈釜揚げしらす〉。真っ白なこれを多めに混ぜるとかすかな塩味がほどよく、淡泊なご飯に魚気がついて、刻み大葉でも混ぜれば香りが立つ。

そして塩昆布。本場は大阪。花錦戸《はなにしきど》の〈まつのはこんぶ〉はすっぽんの出汁で焚いた贅沢品で、その味は文字通り垂涎《すいぜん》。すぐにお湯をかけたいのをぐっと我慢し、後半は茶漬けで流し込む。旅先の小豆島《しょうどしま》で買った〈小豆島つくだに 霜ふり〉は塩昆布で、さりげなく正直においしく、製造元・香川県小豆郡小豆島苗羽《のうま》がいい。

ご飯専用の「ふりかけ」なら〈錦松梅《きんしょうばい》〉だ。〈鰹節をはじめ、白胡麻、椎茸、きくらげ、松の実など山海の素材が……〉とある通り、説明文末尾の〈味の芸術品〉だ。東京・四谷の居酒屋「タキギヤ」に行くときはいつも本店前を通るので買い忘れはない。

より気楽にスーパーで売っている三島食品の〈ゆかり〉は、赤しそのあっさりしたふりかけで、混ぜた「しそごはん」はお弁当をおいしくする。

神田明神前の老舗「天野屋《あまのや》」は甘酒で名高いが〈柴崎納豆〉も有名、袋入り「納豆ふりかけ」もなかなかいける。単純な〈ごましお〉は「伯方《はかた》の塩」のがおいしい。そして何といっても〈梅干〉。本場紀州の〈南高梅〉があればどうにでもなる。

白いご飯は日本人の基本だ。戦後は白いご飯が食べられるだけで贅沢だった。その気持ちを忘れないようにしよう。

58 わさび漬

信州育ちで、子供の頃からわさび漬は身近にあった。父はこれで晩酌、子供はごはんで食べた。

日本一のわさび漬は松本「小口わさび店」のものだ（断定します）。小さな個人店で、自分のわさび田で育てたわさびで作る量り売りのみ。

それは「刻んだ生わさびを酒粕でつないだもの」。当たり前と言うなかれ。わさび漬で名高いのは静岡だが、そこのは「わさびを混ぜた酒粕」。使うわさびの量が違う。食雑誌「ｄａｎｃｙｕ」でながい付き合い、なんでも言える仲の女性編集者とわさび漬論争になり、静岡出身の彼女の「静岡は大吟醸の酒粕を使っている」に「それは酒粕の話、わさびじゃない」と反論すると口惜しそうだった（すみませんでした）。

帰郷するといつも自宅用、進呈用とたくさん買う。買った日よりも、三日後くらいから辛みと酒粕の甘味が調和して、わさび漬にした良さが出てくるのは、新鮮なわさびで作っているからだろう。

店の娘さんから、包装紙の「わさび漬」の細筆字は書に親しんでいる年配の母の字と聞いた。その後、長野県歌「信濃の国」の五番まである長い歌詞が額装されて飾られたのを見て、これほど品のよい筆字はないと感じ入り、デザインの仕事で筆字が必要なときはお願いしようと決めていたが高齢で亡くなられた。その額は今も店に飾られる。骨《こっ》董《とう》鑑定士・中島誠之助《なかじませいのすけ》さんの色紙もあったので、後日その話をすると「あそこはいい仕事をしてます」とおっしゃった。

わさび漬にも時季があり、四月から初夏の若いわさびで作ったものは、老練《ろうれん》な辛みとは違い、香りもきれいな若い辛みですばらしい。それにちょい醤油で、ちびちびでなく大きな一箸で口にするとピシリと利き、涙で喜んで、酒が進む。「老練な辛み」とは、じっくり利いていつまでも残る老人の説教。対して「若い辛み」は真っ直ぐ斬り込んできれいに消える率直さか。

わさび漬は冷凍保存でき、解凍しても辛さはしっかり残っている。妻も大ファンになり、先日は電話でたくさん取り寄せ注文していた。

59 トマト

四月、毎年くださる方から今年も高知の「徳谷《とくたに》トマト」が届いた。トマトがおいしいのは高知と熊本。熊本の居酒屋でカウンターのざるに山盛りになっているのを「これのおいしいのを切ってください」と言うと、板前が若いのに「その右の、違う、手前」と一個を選び、良いのは見分けられるんだと知った。

トマトは土壌の塩分や酸性が高いとか、給水が充分でないとか、不利な地で我慢させて育てると硬く糖度の高いものができるそうだ。高知市徳谷の数軒の農家で作られるフルーツトマト「徳谷トマト」は、ひとつひとつ薄紙に包まれて箱に並ぶ高級品だ。一個直径四センチほどの真っ赤な小ぶりで硬いのを、包丁で縦六つ切りし、ちょい塩で口にすると、香り、酸味、甘味、ジューシー、硬さ、すべてが満点中の満点。一個で充分満足し、二個はもったいないから明日。到着報告お礼メールに「昨年は塩害で採れなかったですが、今年は送れてよかったです」と返信があったのもうれしい。たいへん高価なことは知ってます。ありがとうございました。

食通で酒好きの角野卓造さんの酒は、家でも店でも必ずトマトがないといけないトマト好き。あると安心とかで、なるほど赤いトマトは癖のある酒の肴の脇でまことに健全な存在だ。

私の田舎の子供時代は、夏の下校時、畑に実る握りこぶしよりも大きなのをがぶりとやりながら帰り、食べきれず半分くらいは捨てていた。トマトはたくさん採れ、大きくなり過ぎたのは、もいで食べても何も言われなかった。

〽ランドセルしょって元気よく　トーマトかじって帰る道

トマトは千差万別《せんさばんべつ》で値段もいろいろだ。生まれが戌年の私は食べ物を買うときに匂いをかぐ癖がありトマトは一発でわかる。その艶のよい完熟を買い、鍋で形がなくなるまで煮てパスタのトマトソースを作る。必ずうまくゆき、買った瓶詰とは香りが違う。最近はミニフルーツトマトが増え、晩酌の合間につまむのにちょうどよく、野菜、ビタミンを摂っている安心感にもなる。

私も角野さんに似てきました。

60 西瓜《すいか》

夏は西瓜。冷えた真っ赤なのをがぶり、黒い種を掌に吹き出してまたがぶり。

子供の頃、夏の陽をいっぱいに浴びた、緑に黒のぎざぎざ模様の大玉を尻だけ薄く切って俎板に安定させ、えいやと包丁を入れ、真っ赤に黒い種が点々と散るのを、いがぐり頭、白いランニングシャツに半ズボンで座って見ているのはうれしかった。食糧難の時代に白いところまで食べ、母はその食べ残しを漬物にしていた。芽が出るかもしれないよと畑に種をまくとはたして芽吹き、緑の太いつるが畑を這《は》い、黄色の花が咲き、やがて小玉が実り、日々その成長を見ていつ採るかが大問題になった。ああ、幼き日の田舎の夏休みよ。

その村の近く、今、妹夫婦が住んでいる長野県東筑摩郡山形村、いわゆる安曇野《あずみの》は夏はカラリと暑く、夜は冷える気候で西瓜の名産地だ。日本一おいしい西瓜は山形県尾花沢産で、山形の大学に通っている夏によく食べ、そのさっくりした口当たり、甘味、適度な水気は確かに日本一と思った。二位は山形村だ。

夏が深まると山形村隣の波田町《はたまち》に開設する西瓜販売所の初日をいつにするかの大判断が待っている。名産ブランド保持に最高の成熟を期すためだ。解禁になると西瓜農家は一斉に出荷を始め、販売所にはいくつも店が並び、西瓜を買いに来た内外の車で駐車場はいっぱいになる。

ずいぶん昔のある夏、妹宅に帰省してそこに行くと「食べ物では西瓜が一番好き」と言っていた妻は興奮。あれこれ試食した一軒「ゴンちゃんすいか」で購入。以来、毎年夏になると、今や懇意《こんい》になった「ゴンちゃん」に、七、八個は注文して自宅やあちこちに送り、その届け先の宅急便用紙はこちらで書いて郵送するので助かると言われているようだ。特大、大玉、中玉といろいろサイズがあるが、大き過ぎても冷蔵庫に入らないとやらで大玉に落ち着いたらしい。

わが家のぶんは、切って大きなタッパーに入れ、妻は毎夜それをたくさん食べ、あるとき「これだけは、（西瓜名産地の私と）結婚してよかった」とつぶやき、「これだけかい」と思った。

61 スーパーで

スーパーに老人男が、籠を手にぼんやり立って通行の邪魔だ。何を買いに来たのかわからないようで、のろのろと商品を手に取ってはしげしげと見て裏返し、また棚に戻す。そんなにいろいろ触るな。手慣れた主婦が、野菜を手に鮮度と値段を見て、ぽんぽんと籠をいっぱいにしてゆくスピードとは大違いだ。

うろうろ一周していたが、やがてレジに弁当一個と何かおかずの籠を置き、またぼんやり立つ。財布を出して支払いに備える頭はないようだ。レジ嬢が声をかけた。

「お弁当にお箸おつけしますか?」「え、何?」「(大声で)お弁当にお箸おつけしますか!」「あ、箸、箸ね、えとどうしようかな、あるか、でももらっとくか、ください」「レジ袋いりますか?」「袋?」。何か聞かれるたびに復唱する。「あ、えと、いらないです」。さらに追及は続く。

「○○カードはお持ちですか?」「え、何、カード? ちょっと待って」とようやく財布を出して探すが見当たらず、その場で携帯を取り出し電話。「……ああオレ、今スーパー、○○カードって持ってたっけ、違う、（大声で）○○カード！」。

並んで待つ人はこれはダメだと列を変え、レジ嬢はイライラ。男は携帯をぱちりと閉じ「ないです」。「では○番で現金お会計を」「え、どこ？」「（大声で指さし）あそこです！」。

籠を持ってそこに立つがやり方がわからず、まあこうだろうとお金を入れると出てきてしまう。「お金入らないよ」「（大声で）現金のボタンを押してください！」「あ、そうか、はやく言えよ……入れたよ、で、どうすんの？」「（怒鳴る）終了ボタンを押してください！」。ようやくすませてまた一声、「籠はどこに戻せばいいの？」。

――ダメですね。しかし「人のふり見てわが身を直せ」。私はしゃべるのが嫌いで、レジで何か聞かれても頭を振るだけの無愛想。ナントカカードは持っていないのでつねに現金。細かい一円玉などを使ってしまう機会だ。

妻は行き慣れたスーパーでレジ嬢と顔見知りになったようで、「これおいしかったのよ」などと声をかけて帰るそうだ。立派です。

62 日曜の朝

日曜日。統一地方選目黒区議会議員の選挙投票に行った。このところ低調の立憲民主党応援のためだ。

マンションを出て、いつもは右に行く三田通りを左へ。梢高く連なる欅《けやき》のあふれる若葉が目を洗う。初夏の欅の緑、晩秋の銀杏《いちょう》の黄色。豊かな街路樹は東京の財産だ。その外苑銀杏並木を無視してビルを建てる愚挙《ぐきょ》への反対運動は続いているが、都知事、大手商社は耳を貸さない。百年以上のかけがえのない公共地を壊して金儲けか。

投票所前の候補者ポスター掲示板を見て確認。このあたりは目黒区、港区、品川区の接点であちこちに掲示板があり、女性候補者が増えているのはたいへん結構だが、自民党あたりの女性議員は、超保守古株男議員の飾りものも多い。

立会人の並ぶ前で投票をすますと、ご自由にどうぞのゴム風船が置かれていて迷ったが、老人がふくらんだ風船を手に歩くのも恥ずかしく遠慮。

隣は小公園で、ボールを胸に構え、ミットを手にしゃがむ若いお父さんに投げ込む男の子をしばし眺める。もっと小さい子はおもちゃのバットを手にうろうろ。ぶら下がりはしごにしがみつく子もいて、日曜の朝は平和だ。

帰る通りには輸入家具や古い洋食器の店が並び、今度ゆっくり見に来よう。途中の白金教会は日曜ミサの賛美歌を外で聞くのが好きだが、今朝はまだのようだ。

駅を過ぎていつもの目黒通りへ。大きなガラス張りの自家焙煎《ばいせん》コーヒー店はできたばかりの頃よく入り、通りを眺めながらゆっくり味わった。今年で十年だそうで店内をやや模様替え、今日は講習会らしく、メモバインダーを手にした数人の前で色んな豆を淹《い》れて見せている。

上大崎交差点で信号を待つ隣にお婆さんが、お孫さんだろうか男の子の手を引き「天にましますわれらの父よ、はい言ってごらん」「てんにましますわれらのちちよ」と教えているのはこれから教会に行くのだろうか。

脇に入った小道で顔見知りの奥さんの犬散歩に会い、頭を撫でて少しお話を。さあ仕事場だ。まずコーヒーを淹れ、今日もしっかりやろう。

63 立憲民主党に提案

アホ世襲議員ばかりの自民党、議会軽視で暴走する岸田内閣を止めるには強い野党が必要だが共闘離散で定まらず、維新は信用できない。ここは立憲民主党が軸になるしかないが支持低迷だ。

支持率を上げるには議会で発言、問題追及などはあるが、大切なのは地道な広報活動と思う。選挙は「子どもの未来に」「福祉社会を」など誰もが言うことばかり、ビラを配っても口調は同じ、結局顔でこの人良さそうくらいになってしまう。そうではなく、党の考えていること、目指す社会を、わかりやすく丁寧に広報する。

それには新聞にレギュラーで意見広告を出すのがいい。全十段（一ページの三分の二）を、例えば「私たちはこう考えます　立憲民主党」とタイトルし、月一回掲載する。朝日、毎日、東京、そして自民党派の読売にも。その時々の問題も取り上げながら、自分たちの目指す社会像をひとつひとつ書いてゆく。街頭の演説は誰も聞かないかもしれないが新聞なら読んでくれる。共産党機関紙「赤旗」のような教条的紙面ではなく、といって漫画やキャラクターなどの受け狙いはいらない。文は党員が書くと紋切り型になり、第一文章がうまくないから、識者、文化人にも書いてもらう。いとうせいこう、松尾貴《まつおたか》史《し》、内田樹《うちだたつる》、田中優子《たなかゆうこ》、前川喜平《まえかわきへい》、山口二郎《やまぐちじろう》氏などはどうか。女性の積極的登場は女性の支持者を増やすだろう。編集部は外に置いて客観性を保つ。

若い人を相手になどと思わなくてよい。若い人は新聞を読まない。「新聞を毎日読む、基本的な知性を持った大人」を読者に定め、じっくり読む日曜版が向く。そういう定期広報が次第に党の目指す社会をわからせてゆくだろう。支持するかどうかは読者の判断だ。さらに同じ紙面を別刷りし、発売日には街頭で配布する。ネットでもよいが、紙に刷られてそこにある存在感が大切で、新聞という公器《こうき》に載っていることが重みだ。テレビで「立憲民主党アワー」はできないが新聞ならできる。

大切なのは、これは真面目に作られているという印象を生み、読もうと思わせるデザイン、レイアウトだ。私がやってもいい。

枝野幸男《えだのゆきお》さん、長妻昭《ながつまあきら》さん、小沢一郎《おざわいちろう》さん、いかがですか。

64 低劣な政治家

歯止めがなくなった保守政治家の低劣きわまりない言動は、掃いて捨てるほどあるが、二つ言いたい。

一つは、学術会議会員六人の任命を拒否した菅義偉《すがよしひで》前総理が、その理由を全く言わないことだ。何であれ、判断に根拠を示すのは学術の基本中の基本。こんなことがわからない人間が学会員を任命判断できるのか。

言えないのは、根拠がないからだ。彼がしたかったのは「オレがウンと言わなければ進まないぞ」という誇示《こじ》で、ヤクザの恫喝《どうかつ》と変わらない。「政府の方針に異説を持つから」と言えないのは、理由にできないのを知っているからだ。これほど学術を無視、というか無知な言動はない、あきれるほどの劣等感だ。日本学術会議は存続を基本中の基本に徹底し、一歩も引き下がってはならない。

あと一つは明治神宮外苑の開発だ。大正時代に国民から募った五十種以上の献木は樹齢百年を超すものもあり、東京中心部の最もみごとな緑地となった。その木を伐採して高層ビルにするメリットは何だというのか。樹木は年月を経てますます立派になるが、ビルは五十年で劣化し建て直しになるのは常識だ。故・坂本龍一をはじめ、市民、スポーツ関係者、文化人らがこぞって反対を表明しているなか、小池百合子《こいけゆりこ》知事は「法にのっとっている」と開発に賛成している。知事なのになぜ公共の福祉という概念がないのだろう。何か得があるのか。

〈持続可能性という思想をこれほどまでに軽んじた進め方がまかり通ることに驚く。外苑は明治神宮の所有物である前に、世紀を超えて受け継ぐべき公共の財産だ。事業者には一流企業が名を連ねている。改めて聞きたい。この計画は、100年後の子や孫に胸を張れますか。〉毎日新聞・元村有希子《もとむらゆきこ》論説委員の書く通りだ。

森喜朗《もりよしろう》、麻生太郎《あそうたろう》、安倍晋三《あべしんぞう》、菅義偉、岸田文雄《きしだふみお》、小池百合子。日本をどんどん悪くしている面々の、高慢さ、低劣さ、幼稚さは目を覆うばかり。頼りはマスコミ論調の奮起だが、そこにも放送法云々で言いがかりをつけている。

腹が立って酒がまずくなった。

65 フェミニズム

先日の統一地方選で女性区長や議員が増えたのはたいへん喜ばしい。しかし社会への女性参加度は、先進国中で日本は最下位に近く、まだまだ「超」男性社会だ。近年それではいけないとジェンダー論が盛んだ。

私は大学を出て資生堂で働いた。女性を顧客とする会社は当然女性重視で、女性社員は多く、彼女らは自信と誇りを持って働き、しかも全員美人。男性にも臆《おく》することなく意見し、また意見を聞き、会社に男女差はなかった。

彼女らの特徴は正論を通すところで、男性社員にありがちな逃げを許さない姿勢だ。逆にすっぱりと切り替える潔《いさぎよ》さもある。勤務が終われば男のように「飲みにゆくかあ」などと言わず、すっと帰ってゆく。その明快な行動力に男よりも女の方が優秀とすっかり洗脳された。アリストファネス「女の平和」の通り。世の中は女性がリードする方がよく、男性社会でよいことは一つもない。

女性の最大特徴は母性で、それは必ず平和に通じる。母性と平和は同義語だ。どこぞのバカ大臣のように「女性は子供を産め」と道具扱いしているのではない、それは自由。しかし男と違って絶対に子や親を殺す戦争は起こさないだろう。

出版編集者は今や女性が主流となり、私の担当も皆優秀。特徴はごちゃごちゃ言わず、目的に向かっててきぱきしていること。そして皆美人。「美人」を安易に女性賛美に使ってはいけないという論があることは知っている。その返事、「知的であることは美人になる」でよろしいか。

酒席でもさらにその感は深まる。男にありがちな愚痴は女性からは全く出ず、今この場を楽しみましょうと前向きで、私の最も好きな「知的美人が酔って多弁になってきた」状態が訪れる。「太田さんという人は、ここのところが……」。あ、お説教かな、うれしいな。

男と違い女性は身だしなみを整え、おしゃれをするのがいい。美しいのはよいことだ。男にくらべて行儀がよいのもうれしく、こちらもそうしなければ。

もちろんモテたい気持ちもちょびっとある。私は徹底した女性賛美者です。

66 男女の仲

年齢を経て枯れ、「男」「女」という見方をはずせば、ものごとはとても簡単になるとわかった。しかし逆に世の中は男と女でできているからおもしろく、それなくして何の人生ぞ、とも。何といっても女性は容姿が素敵だし、それを強調するおしゃれセンスもうれしい。話しかけてくれるやさしい口調に心なごみ、難しいお願いにもつい「まかしとけ」と言いたくなる。レディには騎士道精神でいかなければ。

女性が入る酒席はやわらかくなり、男も紳士的になる。「的」でいい。深入りしないから良い付き合いができる。一方男同士の酒は何の遠慮も気遣いもいらない。「それでどうしたんだ」「すぐ謝った」「わはは、よかったじゃないか」

一杯ついで終わり。女性相手だとこちらはしゃべらず、できるだけ女性に語らせる。女性の話は丁寧でながくそこがいい。私の役割はうんうんと聞き、ほどよい相づちを打ち、酒や肴の追加を考えること。

「女性のいる会議はながくなる」と発言してオリンピック大臣を更迭《こうてつ》された男社会の老害遺物は今も反省していないようだが、世の中は動いている。統一地方選で女性区長の杉並区は女性議員が半数を超えた。これぞ「女の平和」の到来だ。

飲み会の帰り、ちょっと聞いてほしいことがあると女性に誘われた。

「あの人にこんなこと言われたの」

パワハラか、ここは難しいところだ。丁寧に聞き、誠心誠意答える。その男を知ってはいるが、ここでぺらぺら人物評をしてはいけない。よく考え、その発言の真意を探るが推測は慎重でなければ。まずはぜんぶ吐き出してすっきりさせることか。しかし聞いているだけではすまず、最後は「どう思います？」と問われる。

「あまり気にしないでいいんじゃないか。自分に自信を持って毅然《きぜん》としていればまわりもそう見る。それでも続くようだったら、また相談にのるよ」

しばらく後、二人になったとき「その後どう？」と尋ねると「え？　何でしたっけ」と言われ、ああ解決したんだと思った。その二人は仲良くしているらしい。

——何を書きたいんですか？　いや、き、騎士道精神です。

67 居酒屋満員

歩いていても、自転車に乗っていても、電車の中でも、食堂でも、デート中でも、全員がスマホを見ている。ポケットにしまっても、すぐまた取り出して見ている。一分も画面から目を離すことができないようだ。まわりには全く目が行かない。私はスマホは持っておらず、第一、何に使えるのか知らない。電車で立っているとき後ろからそっとのぞいてみたが、しきりに画面を切り替え、何をしているのかわからなかった。

ある人と話していて思い出せないことがあると、そこにいた若い編集者がすぐスマホで調べて答えを出すので会話がおもしろくなくなり、相手はついに「それ、しまえ！」と怒り出し、編集者はきょとんとしていた。

大学に合格したもののコロナで入学式はなく、授業はすべてリモートになり、先生と会うことも、学友もできないまま卒業という短大生もいたそうだ。授業料返すべし。

会社員も家でリモートワークになったが、結構これで業務は進むとも言う。そんな程度の機械的仕事なのだろう。上司に鍛えられることもなく、同僚が誰かも知らず、会社も人物がわからないからすぐに整理要員になる。

人と人が顔を合わせて話すという基本がどんどんなくなってゆく。顔を合わせてもマスク着用が続き、結局誰か知らないままだ。あんたは大量生産ロボットか。

ロボットは結構役に立つらしく、ＡＩと言うのか、考えることも代行してくれるという。では皆が同じ考えになるのだな。いつまでも家にいてスマホにかじりつき、必要のない情報を見たりゲームばかりしているうちに五十代になってしまった。人と接触することがないので、そういうときの対応の仕方がわからず、使い物にならない。友達は求めず、結婚したがらない。まず「生きる力」がない。したがって人口は減り続ける。

どうしてこんなことになってしまったのだろう。何のために生まれてきたのか。自分で考え、他人に学び、切磋琢磨《せっさたくま》で成長し、生涯の友を得てゆくのは、この世に生まれてきた基本中の基本のはずだが。こんなことではダメだ。

家に帰る途中の居酒屋をのぞくと、勤め帰りらしい男女で満員、はちきれるような笑顔で乾杯している。そうだ、それでいいのだ。人に会って自分を磨け。

68 東西味くらべ

関東、江戸っ子の酒飲みの注文はいつも「酒、刺身」だけ。せっかちですぐ出ないと機嫌が悪くなる。威勢《いせい》のわりに酒は弱く、三本も飲むと眠くなり帰ってしまう。入る店はいつも決まっていて、食べ歩きなどは田舎者のすることと軽蔑《けいべつ》。最も大切なのは店が自分を知っていて「○○さんどうぞ」と迎えられることだ。

関西は違う。品書きをじっくり吟味《ぎんみ》して注文。「少しお時間いただきます」に「ええで、丁寧にやってや」と悠然《ゆうぜん》と構え、届くと感想を詳細に言う。江戸っ子は「これうまいね」だけ。関西人は食べ歩きを好み「今はあそこがええ」と言う。

せっかちな関東では十秒で出る握り寿司が好まれるが、関西はしっかり仕事をして寝かせた〈鯖《さば》寿司〉や〈箱寿司〉、冬の〈蒸し寿司〉が好まれ、江戸前握り寿司は人気がなくおいしくない。私も京都に着いた昼は必ず祇園「千登利亭《ちどりてい》」の鯖寿司で、ああ来たなあと実感する。

関東の刺身は血の気の強い赤身の鮪《まぐろ》、鰹《かつお》。関西は白身の鯛、平目。薬味は関東は七味、関西は山椒。〈卵焼き〉は関東は砂糖と醤油でちょい焦げ目がつく程度に「焼く」。関西の〈出汁巻き〉はよくかき混ぜ「温めて固める」だけで焼かない。関東は奥から手前に巻き寄せ、関西は逆。

関東の天丼はおいしいが、関西のはどこか自信なさげ。親子丼は京都が一番、東京はどういう親子丼がよいのかわからないままに作っている感じ。京都は衣笠丼、木の葉丼、他人丼、若竹丼、ハイカラ丼といろいろ、関東は天丼、カツ丼、鉄火丼。関東はもり蕎麦を濃いかつお出汁つゆにちょいとつけて三分でたぐってさっと終え、関西は昆布出汁の利いたうどんを熱々のおつゆでふうふうゆっくりすする。

では中間の名古屋はどうか。麺類は蕎麦でもうどんでもない、平たいきしめん。関東の鰻蒲焼は蒸して焼き、関西は直焼きだが、名古屋の〈ひつまぶし〉は、蒲焼を切ってご飯に重ね、最後はお茶漬けにするのは、関東関西のどちらとも違う主張の表れか。でもこれはおいしい。

私は関西派。食べ物は関西がおいしいです。

69 日本居酒屋紀行

では各地はどうか。

北海道の居酒屋の基本は炉端焼《ろばた》で、大きな囲炉裏《いろり》の炭火大網で魚も野菜も何でも焼いて食べる。つねに赤々と火のあることが最大のもてなしで、それは開拓当時の記憶を伝えている。魚は生より干物のキンキ、ホッケ、シシャモなど、北海道では刺身はあまり食べない。酒は鉄瓶や甕《かめ》に常時温められすぐ出る。日本酒は米の生産が遅かったためあまり種類はなかったが、最近は良い地酒が増えてきた。一方ビールは、明治時代の開拓使麦酒醸造所に始まる歴史があり、内地よりも確実にうまい。旭川「独酌《どくしゃく》 三四郎《さんしろう》」、札幌「味百仙」、函館「海鮮処 函館山」はおすすめ。

東北、太平洋側は東日本大震災を乗り越えて復活しているのがうれしい。酒蔵も復活し、大震災後の酒はそれまでの重厚な東北酒から、清らかな温かみに変わってきている気がする。青森「ふく郎」の海峡鯖、ナマコ。〈宮城県産酒は宮城県の宝です!〉をうたう仙台「一心《いっしん》」の酒「伏見男山中汲み」と必ず出るお通し・活きボタンエビの組み合わせ。気仙沼《けせんぬま》「福よし」の、囲炉裏に串を立てて時間をかける〝日本一の焼魚〟。日本海側、秋田の「酒盃《しゅはい》」は洗練された郷土料理がすばらしく、ホタテ貝殻でふつふつ焼く「貝焼」をぜひ。比較的新しい「ん。TACHIKAWA」の地物を洗練させた独創料理は絶品。会津若松「籠太《かごた》」は板張り座敷がよく、一人ならばカウンターで主人相手に、まずは郷土の祝料理「こづゆ」からいこう。東北の居酒屋はどこも個性ある料理を持っている。

西日本山陰の酒はぐっと重くなり、じっくり飲んでゆくのに米子「桔梗屋《ききょうや》」の八寸珍味盛りはぴったりだ。松江、新大橋たもとの「やまいち」は宍道湖《しんじこ》七珍に加え、しじみ味噌汁で一杯もいい。四国の酒飲みはやはり土佐高知。何でも盛り込んだ皿鉢料理の宴会酒になるが、一人二人であれば「葉牡丹」か「黒尊《くろそん》」で、ずばり鰹のたたきだ。

九州は焼酎圏になり、さつま揚げなど揚物が別格にうまく、海を渡った沖縄は三線《さんしん》の哀調《あいちょう》ある響きとともに、多様な沖縄料理が魅力をかき立てる。まずは那覇《なは》の「うりずん」を訪ねよう。

70　薬味で一杯

谷中しょうがの時季になった。

下から薄黄↓薄桃↓白↓緑、と美しく色の変わる茎を小さなグラスの醤油に漬けておき、三十分ほどで黄色の根をガリリ。まさに薫風《くんぷう》の五月、ツンとくる辛みがたまりませんな。残った醤油はもったいないから、また明日漬け込んで使う。

皐月《さつき》晴れ谷中生姜とコップ酒

葱もいい。博多の細い万能葱を二つにたたみ、味噌ちょいで口に。この後必ず手をぱんぱんとはたくのは不思議。これも青い香りが魅力。京都にはもっと細い〈アサツキ〉がある。私の故郷信州では、おもに薬味に使う青く細いのを〈き（生）ねぎ〉と言い、父はこれに味噌で晩酌していた。田舎の酒の肴はこんなものだ。母は「葱を食べると頭がよくなる」と言って食べさせたが、他に何もない言い訳だったか。さほど効果はなかったが好きなつまみになってくれた。

太い茎を刻み、醤油で混ぜて少し置くと粘りが出て、これまた良いつまみになる。今はなくなった下北沢の居酒屋「両花」で、焼油揚をとった角野卓造さんが、添付の刻み葱をこうしているのを知り、以来注文すると「角野流で」と付け加えるようになった。うまいですぞ。

関東の千住《せんじゅ》葱は堅く締まった白いところを使うが、関西の九条葱は青いところが主役で、祇園四条「祇《ぎ》をん　萬屋《よろずや》」の〈ねぎうどん〉は、たっぷりの青葱でうどんが見えない。

　青葱の束をほどけば香り立ち

刻んで薬味にする茗荷《みょうが》も、縦にざくりと二つ切りして味噌でいただくと、これまた畑の野性味がいい。季節の大ぶりが出てきたらこれだ。

香りならば青しその大葉もよく、たくさん刻んで揉み、茗荷みじん切りと合わせて醤油ちょいも結構。時季の新若布《しんわかめ》と混ぜればもう一品料理だ。

居酒屋好きオヤジが大好きな〈オニオンスライス〉オニスラは、ごく薄く切った大盛りにたっぷりの削り節、そこへ醤油タラーリ。居酒屋に案外野菜が少ないのは、こんなものでお金はとれないという気持ちか。であれば家でやりましょう。

71 らっきょう党

初夏になるとらっきょうの出番だ。漢字「辣韮」の「辣」は辛い意、「韮」はニラ。雰囲気が出ている。

大袋の泥らっきょうは、まず鹿児島産あたりから出荷が始まり、熊本、福岡と北上、本場鳥取産が並ぶと最盛期だ。酢漬けが多いが私は苦手で塩漬けがいい。八重洲の名居酒屋「ふくべ」にはこの塩漬けらっきょうがあり、ファンが多い。

しかし私は断然味噌漬けだ。あるとき生らっきょうに味噌をつけ、ヒーヒーかじっていて、なにげなく味噌に突っ込んでおくと、数日してたいへんおいしくなっていて本格的に作るようになった。

まず泥らっきょう（できるだけ大粒がいい）を洗ってヘタをとり皮をむいておく。それを大きなタッパーに味噌漬けするのだが、コツは先にらっきょうをどっさり入れ、その上から味噌を押し込むこと。すぐに水が出るので、ほっておけば自然に味噌と一体化する。一週後くらいに抜いて食べると具合がわかり、後は次第に漬かってゆくのを毎日楽しめばよい。味噌はきれいに洗い落として食べる方が純粋にらっきょうを味わえる。

これはうまいですぞ。単純だった辛みは味噌でやわらかくなり、味が加わり、ガリリという食感もほどよく、酒のすすむこと間違いなし。二週間も過ぎて茶色が濃くなったのが完成形だ。これを二回ほどやるが、問題は、妻がらっきょうの匂いを大嫌いなこと。つまんでいると機嫌が悪く、こそこそ食べねばならない。

すべて食べ終えて残った味噌がもったいないので、あるときそれでもう一度漬けると、みごとにおいしくなく、味噌はすっかり精を抜かれてしまっていたのだ。以来残り味噌は味噌汁で使うことに。

生でおいしいのは沖縄の〈島らっきょう〉で、細く小さいが、その香り、味は内地産の単純とは違う品があり、生味噌ちょいでありがたくいただく。東京のスーパーにたまに出るが値段は高い。生食のエシャレットは若いらっきょうのこと。九州小倉の車引き・無法松《むほうまつ》は生らっきょうで一杯やっていた。

以上らっきょう党の弁でした。

72 甘党

三月は桜餅、私はこしあんが好き。薄皮よりも半搗《はんつ》き粒々皮の道明寺《どうみょうじ》が好きで、新聞コラム「男の甘党」には赤坂「塩野《しおの》」のこれを書いた。春はよもぎ草餅の香りだ。向島《むこうじま》名物「元祖志満《じま》ん草餅」を食べに行きたくなる。五月の柏餅は毎日でもよく、信州の妹が毎年送ってくれる長野県木曽郡大滝村「ひめや」の「ほうば巻」は、小枝についたままの大きな朴葉《ほおば》三、四枚にそれぞれ包んであり、香りがすばらしい。

お汁粉もこしあん党。神田須田町「竹むら」は、風情ある店内も居心地よく、ここで好きな女性とデートしたら喜ばれるだろうがまだ実現していない。もう間に合わないか。最中もたいへん好みで、神田神保町「さゝま」の「松葉最中」をいただくとうれしく、銀座の「空也《くうや》もなか」はベストだが午前中で売り切れる。甘納豆は京都が本場で、色んな豆で作っていて楽しい。東京では谷中の名佃煮「中野屋」の大粒緑色の「富貴豆《ふうきまめ》」がすばらしく、佃煮を買いに行くとこれも必ず買う。

単純に「水あめ」も好きで、十返舎一九《じっぺんしゃいっく》も書いた、越前高田の雁木《がんぎ》で囲まれた堂々たる老舗「髙橋孫左衛門商店」の瓶入り「粟飴」は、ただ甘いだけが恍惚《こうこつ》とさせる。

信州松本の高校時代、クラスマッチやコンクールの優勝景品は松本名物「久星《きゅうぼし》かりんとう」の一斗缶で、校庭の芝生でそれを囲んで皆で食べていたのは可愛いものだった。

洋菓子なら「資生堂パーラー」の「花椿ビスケット」が定番。よくプレゼントにも使う。女性雑誌のコラム「私の手みやげ」にこれを挙げ、八角形の缶が残るのでいつまでも思い出してもらえると書いたっけ。

甘いものは苦手、と書こうと思っていたが案外食べている。子供の頃は菓子など何もなく、砂糖は貴重品で、隠れて壺からすくって舐めていたら叱られ、手の届かない高い所に置き場所を変えられた。その母が秋に作ってくれたおはぎはうまかったなあ。たまに信州だけの甘い「みすゞ飴」を他所《よそ》からいただくとうれしく、大きな四角いのを口に放り込んで遊びに飛び出した。

大人になると甘いものよりは辛党、酒だ。しかし飲み終えての甘納豆三粒はおいしい。子供の頃の記憶が舌に残っているのだろうか。

73 辛党

料理を仕上げる画竜点睛《がりょうてんせい》たる辛みも、わさび、練り辛子、唐辛子とで風味が違う。

握り寿司に使うわさびはツンと来てすぐ消えるのが江戸っ子好み。上等な居酒屋で、刺身に練りわさびでない本わさび擂《す》りおろしが添えられると、刺身は醤油だけでいただいて、その後にわさびだけをつまみ、魚の生臭みが一瞬で消えるのを楽しむ。刺身よりもこちらが主役だ。大阪の名居酒屋「ながほり」で立派な一本を擂りおろすのを誉めると「これが一番高いです、もう意地」と笑った。

黄色い練り辛子はおでんに欠かせず、博多の名代おでん「安兵衛《やすべえ》」老主人は二度練りするのがコツと言っていた。アメリカのハンバーガーには必ずマスタード。

赤唐辛子は最もピリリと強く利いていつまでも辛い。八丈島の刺身は、まだ若い青唐辛子を二つ切りして浸した醤油で食べ、その唐辛子は絶対口に入れてはダメと言われ、ならばとかじると、その後三十分コップの冷水に舌を浸す破目《はめ》になった。

いろいろな辛みをごま油で溶いた「辣油《らーゆ》」も辛み欲しさには最適で、餃子やシューマイには必需。赤唐辛子を泡盛に漬けた沖縄の香辛料「コーレーグス」も辛み最強で、ラーメンや焼きそばにちょいかけするとヒリヒリになる。

昔美人作家にいただいた、南米コスタリカ産の瓶入り「ブレアーズ サドンデスソース」は「DEATH」と大書された下に火あぶりされるドクロが描かれ、瓶口に小さなしゃれこうべが鎖で下がる怖いもの。〈ジョロキア使用、シリーズ最強の辛さ〉とあるジョロキアって何だ。サドンデスは突然死のこと。飾って気を引き締めています。

清爽《せいそう》な葱も辛みの一つ。妹の住む安曇野の農家マーケットで見つけた「信州ねぎ唐辛子」（安曇野市豊科産）は、大量の刻み葱と糸切り赤唐辛子を醤油で混ぜたもので、その辛さは一箸でヒーヒーになり、赤唐辛子をすべて抜き出して三、四日置くと葱香が立ち上がってきて、葱好きには格好になった。

世に辛党は多く、辛口評論家という人もいて、オレは甘いことは言わないよという姿勢か。居酒屋で「お酒は何にしますか」と聞かれ「辛口」と答えるのもそれか。

私は酒は甘口、つまみは辛口。女性には甘口、男には辛口。ヘンな話になりました。

74 悪女

悪女、魅力ある言葉です。条件は美人であること。妖艶《ようえん》な美女が「私って悪女なのよ」ときれいな脚を組み替えれば、男どもは一斉に鼻の下を長くし、その手口にのってみたいと思う。手口といっても可愛いもので、せいぜい男を両天秤にかけるか、色香《いろか》で誘惑して財産をせしめる程度。決まって最後はそのことで好きな男に振られ「あなたのためにしたのよ、捨てないで」と泣いて迫る。男は最後はオレが勝つとわかっているから悪女ものが好きなのです。

女優に悪女は一度はやってみたい役、ツンとすましてフーッと煙草を吹き出してみたいが、徹底的に卑劣《ひれつ》なワルで殺人犯として懲役二十年なんてのはやりたくない。悪女の条件は、こんな女ならだまされてみたいという男の願望にあるのでしょう。

男の悪役は違いますな。東映ヤクザ映画の堂々たる体格の天津敏《あまつびん》は、親分内田朝雄《うちだあさお》の手先となって善人をいじめ、いつ死んでくれるかが楽しみ。ふてぶてしい八名信夫《やなのぶお》は

「悪役商会」という悪役専門グループを作った。が、こういういかにも暴力ワルはまだ可愛く、大物・佐分利信《さぶりしん》などが政財界を支配する巨悪を演じた貫録《かんろく》は圧倒的だ。ネチネチした小悪人が似合う小沢栄太郎《おざわえいたろう》は『不毛地帯』あたりの社会派作では憎々しい大悪に徹してうならせた。同じネチネチ型の金子信雄《かねこのぶお》が一転、自ら志願した『仁義なき戦い』の親分役は、ちょび髭《ひげ》を逆さまにつけたずる賢い喜劇味で代表作に。

しかし悪役俳優の醍醐味《だいごみ》はふさわしくない善役のときに現れる。安部徹《あべとおる》は〈戦後日本映画史に残る悪玉役者。凶暴な野獣性と陰湿な策謀性の両面にわたって多彩な演技力に支えられた柔軟性が……〉と「日本映画俳優全集　男優編」で渡辺武信《わたなべたけのぶ》に絶賛される通りだが、それ以前の『警察日記』では親切な情味ある警官役で最後まで通し、心からほっとした。小沢栄太郎にも貧乏しながら二人の子を育てる父ちゃん役の作品があった。悪に強きは善にも強し。悪役専門が善役をやった映画が大好きだ。

一杯飲んだ男の役者談義「二枚目は無理だが悪役ならやれるか、人情味のあるワルなんていいなあ」とあごをさする。そう、悪役は男だけでいいです。悪役専門女優がいたらほんとに怖いです。

75 女優万歳

この女優が出ていれば必ず観に行く映画あり。日本三大映画女優は、田中絹代《たなかきぬよ》、山田《やまだ》五十鈴《いすず》、高峰秀子。代表作一本などとても絞れないが、田中『西鶴一代女《さいかくいちだいおんな》』（溝口健二《みぞぐちけんじ》／1952年）、山田『浪華悲歌《なにわえれじい》』（溝口健二／1936年）、高峰『浮雲《うきぐも》』（成瀬巳喜男《なるせみきお》／1955年）。いずれも映画史を飾る作品ばかりで、主演女優の力あればこそだ。

美人ナンバーワンは好みの分かれるところだが有馬稲子でしょう。自伝に、わがままを通してしまい代表作がないと謙遜《けんそん》しているが、『危険旅行』（中村登《なかむらのぼる》／1959年）は忙し過ぎる美人作家が失踪《しっそう》、庶民的な恋人をつかむ役が肩に力が入らず楽しめた。同じく岡田茉莉子《おかだまりこ》は初期の『モダン道中　その恋待ったなし』（野村芳太郎《のむらよしたろう》／1958年）が傑作道中喜劇で、岡田の純ゆえにツンとした世間知らず美人にニコニコ。後に吉田喜重《よしだよししげ》監督と結婚して雰囲気が怖くなったのが個人的には残念。美人女優は問題作よりも、なんでもない娯楽作に良さが出ていることが多い。

深窓《しんそう》の令嬢ならば久我美子。代表作はもちろん森雅之《もりまさゆき》と共演した『挽歌《ばんか》』（五所平之《ごしょへいの》助《すけ》／1957年）。森の妻・高峰三枝子（ぴたり）の存在に想いを遂げられず、丘の上から函館の街を見るショットが忘れ難い。

憧れは月丘夢路《つきおかゆめじ》。銀座ブティックのマダムがお似合いで、『街燈《がいとう》』（中平康《なかひらこう》／1957年）では若いツバメ（岡田眞澄《おかだますみ》）を持つのに無理がなく、劇団のヒロインを演じた『火の鳥』では全力投球の意欲を見せ、監督井上梅次《いのうえうめつぐ》と後に結婚する。

若尾文子こそ運命の女からお手伝いさんまでできる大女優。一本なら『しとやかな獣《けだもの》』（川島雄三《かわしまゆうぞう》／1962年）か。そしてわがラブラブは完璧プロポーション・浜美枝《はまみえ》『100発100中』（福田純《ふくだじゅん》／1965年）、受け口セクシーな水野久美《みずのくみ》『暗黒街の弾痕《だんこん》』（岡本喜八《おかもときはち》／1961年）。銀座クラブのママなら淡路恵子。タイトスカートの脚を組み、煙草をフーと吹いて「それで?」と言うのが決まる。皆さん、山田五十鈴（ベル）、高峰秀子（デコ）、有馬稲子（ネコ）、久我美子（久我ちゃま）、月丘夢路（お月さま）、若尾文子（あやや）、浜美枝（ハーミー）とニックネームで呼ばれるのが人気の証拠。浅丘《あさおか》ルリ子、芦川《あしかわ》いづみ、南田洋子《みなみだようこ》、渡辺美佐子《わたなべみさこ》……。う〜ん、もう書けん。

76 男優四人

であれば男優も。書き始めたらきりがないので四人に絞ろう。

まずは仲代達矢《なかだいたつや》。今年九十一歳現役の日本を代表する役者。苦学して俳優座養成所を出て以来、一年の半分を映画、半分を舞台に分けて続け、「無名塾」を作って俳優養成に努める。舞台は自分で作るが、映画は出演と割り切ってなんでも出るところがよく、本人は小林正樹《こばやしまさき》の『人間の條件』『切腹』などを代表作に挙げているが、私は黒澤明《くろさわあきら》の白黒作品『用心棒』『椿三十郎』『天国と地獄』の切れ味、市川崑《いちかわこん》『炎上』の足の悪いニヒルな学生、岡本喜八『殺人狂時代』の水虫に悩む殺し屋あたりが好き。

三十七歳で早世した市川雷蔵《いちかわらいぞう》が、没後五十年を過ぎた今も毎年特集上映されるのは、喜劇も含め色んな役を演じながら決して失わない気品と、全出演作百五十四本のすべてに駄作がないからだ。それは事前に監督と徹底的に話し、撮影が始まれば何も言わなかったことによる。私はすべてを追いかけ、挙げるならば三隅研次《みすみけんじ》の『剣《けん》』『剣鬼《けんき》』『斬る』の剣三部作か。「スターは不滅」をこれほど証明する人はいない。

現代劇で本物の知性が板につき、不倫の対象ともなる色気もたたえた男優となれば森雅之以外にない。一方軽妙なプレイボーイ紳士や、オトボケ記者、殺し屋ボスを楽しんだりするが、その根本は何といっても考え尽くされた強靭《きょうじん》な演技力にあり、自分の行動を自分で卑下《ひげ》しながら腐れ縁を絶てない弱さを演じた名作『浮雲』は、共演の高峰秀子とともに映画演技の頂点を極めた。森を超える俳優は出るか。

映画は明るく楽しく。それには美人女優のお相手のできる二枚目が必要だ。宝田明《たからだあきら》はハリウッド男優のような背の高い典型的な二枚目で、これほど「銀幕」が似合う人はいない。嫌みなく明朗に女優を受け止める安心感、のみならず、ときに二枚目男の心情と葛藤《かっとう》を見せる演技力。『二人の息子』『愛情の都』『香港の夜』『100発100中』『嵐を呼ぶ楽団』『その場所に女ありて』などのすばらしさ。過酷だった戦争体験を語り継ぐ姿勢も人間的に尊敬でき、直接インタビューした、のむみち構成『銀幕に愛をこめて――ぼくはゴジラの同期生』（ちくま文庫）は貴重な一冊になった。

男優は見かけだけではない人間の深さが求められる。

77　今の女優三人

男優は二枚目といえども骨太《ほねぶと》な演技力が求められ、私も要求が厳しい。しかし女優さんには大甘。もちろん演技力、人物造形力は偉《い》とするに足るが、本人のキャラクターを無理なく演じてくれて、それがうれしいのは女優ならでは。男にはあまり求めません。

端整な美貌《びぼう》にして温かみを持つのが長澤《ながさわ》まさみ。昨年のテレビドラマ『エルピス』は政府のテレビ局介入を告発する内容で高い評価を得た。恋人でもある政界側の鈴木亮平《すずきりょうへい》と本番前のスタジオで対決する場面の一歩も引かぬ緊迫。ニュースキャスターとして本番ライトを浴びて立つ決意した晴れやかさは、この人に最も向いた役だった。一方、二〇一八年『コンフィデンスマンJP』のダー子は、のん気なお金持ちながら、派手なトラップ詐欺《さぎ》で悪を退治する痛快な役を楽しげに演じてニコニコでした。

向こう気の強い美人・天海祐希《あまみゆうき》は、じめじめしない痛快さがいい。二〇一二年のテレビドラマ『カエルの王女さま』は、ブロードウェイミュージカル出演の夢破れて帰国して紹介された仕事がママさんコーラスの指導。くさりながらもコンクール優勝を目指し、さあ決勝というとき、ブロードウェイ出演の話が舞い込み……。練習に棒立ちで歌うおばさんにしびれをきらし、こう踊るのよとやってみせるダンスのすばらしさはさすが宝塚仕込みでしびれました。今は予算次第で動く女探偵で銀座マダムに変装したりして楽しんでいます。

さあ仲間由紀恵《なかまゆきえ》。二〇一五年のドラマ『美女と男子』は、貧乏タレント事務所に左遷《させん》された高慢なテレビプロデューサーが、独力でスター生み出しに悪戦苦闘《あくせんくとう》する物語。普段はニコニコと当たりのよい美女が一変、まなじりを決した姿は迫力があり、その美人さはここから出ているという説得力があった。いろいろあって成功するが、そんな業界を捨てて仲間と旅に出るラストはすばらしく、わが観たテレビドラマ史上の最高作は揺るがない。

もう一人加えるならば若い、のん（能年玲奈《のうねんれな》）。『あまちゃん』再放送を「おら、ウニが獲りてぇ」からまた見始めて泣いていたが、七月十三日誕生日の毎日新聞全面広告「俳優・アーティスト宣言のん」はその意気やよしと保存してある。一生応援します。

78 藝大「買上展」

爽やかな五月連休。上野に「藝大コレクション２０２３　買上展」を見に行った。即物的な展覧会名は、東京藝大が明治二十六年に最初の卒業生を出して以来、卒業制作を中心に学生の作品を買い上げてきて、その中から選んだ展覧会だからだ。

入るとすぐ、横山大観《よこやまたいかん》、板谷波山《いたやはざん》、松田権六《まつだごんろく》、和田英作《わだえいさく》、下村観山《しもむらかんざん》、菱田春草《ひしだしゅんそう》、東《ひがし》山魁夷《やまかいい》、松岡映丘《まつおかえいきゅう》、中村岳陵《なかむらがくりょう》ら歴史的大家の作が並び、さすが藝大。

大観は最初の卒業生で、「村童観猿翁《そんどうえんおうをみる》」は、大きな牛の背の猿を翁があやつるのを十一人の童子が見ている図で、同級生十一人と恩師の意とある。その精密と達筆は卒業制作にしてすでに文化財級完成度だ。和田英作「渡頭《ととう》の夕暮」は農作業を終えた一家が夕暮れの川向こうを眺めている光景。昔一度見てからとても好きな作品で、やっぱりいいなあと近づき離れ、しばし観賞。赤松麟作《あかまつりんさく》「夜汽車」は三等車内の人物を描き分け、白滝幾之助《しらたきいくのすけ》「稽古」は三味線を稽古する浴衣の娘たち。こういうリアリズムの絵は一番見飽きないが今は誰も描く人がいない。東山魁夷「スケート」は、背景の雪山はさすが東山調だが、手前のスケート遊びはほのぼの挿絵風だ。

小村雪岱があった。雪岱は洗練されたグラフィック感覚の挿絵などで私の最も好きな画家。わが資生堂宣伝部の先輩でもあることに秘かな誇りを持っているのだが、この卒制は、どうということもない花の咲く庭の一隅で、へえこれかいという感じ。

課題なのか、同じ号数に上半身で統一された自画像シリーズは、青木繁《あおきしげる》、和田三造《わださんぞう》、藤田嗣治《ふじたつぐはる》、山本鼎《やまもとかなえ》などが一様に自負と不安が入り交じって初々しい。

私は彫刻も好きで、板谷波山の木彫「元禄美人《げんろくびじん》」は緊張した立ち姿、そっとつまむ裾、唐草風着物柄、そして気品のある一途な顔。わずか二十歳過ぎの若者がこれほどのものを作るのか。朝倉文夫《あさくらふみお》「進化」の、腕組みする若き日の親鸞《しんらん》の造型は、さもありなんだが、津田信夫《つだしのぶ》「憂鬱《ゆううつ》の婦人立像」は、若い娘賛歌ではなく、胸元に手を差し入れ心配げにうつむく姿は、立体でありながら人間心理を表現してすばらしい。

こういうものを見られるのだから展覧会に足を運ばねば。美術を見ているときは感覚が全く純粋になる。批評家ではないから好き嫌いでいいのだ。

79 気分は藝大生

第二部「各科が選ぶ買上げ作品」は、戦後の作品の展示だ。

私は藝大に入れなかったが藝大ファンで、それは同じ美術を指向した天才たちへの興味だ。藝大には「天才」しかおらず、指導もそれを前提としている。戦後の作品であれば私も同時代で問題意識は同じ。天才は何をどうやっているのかなあという興味がわく。およそ戦後美術は観念優先、テクニック不要、なんでもありだが、藝大は先端を行かねばならずそれでよい。じっくり見る深味はなくスイスイと足を運ぶ。

日本画、油画、彫刻、工芸、建築。私の専門のデザインはたいしたものはないが、岩《いわ》瀬《せ》夏《か》緒《お》里《り》（二〇一二年卒）のアニメーション「婆ちゃの金魚」は、作画、展開、光や水の処理などが新鮮でいてアートくさくなく、懐かしさもあり、八分余の長尺がすばらしかった。次いで先端美術表現、グローバルアートプラクティス、美術教育、文化財保存学。作曲はビデオ映像のオーケストラ演奏でしばし聴き入る。

目を見張ったのはメディア映像・越田乃梨子《こしだのりこ》（この専攻第一期生・二〇〇八年修了）の映像作品「破れのなかのできごと〜壁・部屋・箱〜」だ。横長画面にシンプルな白い大箱が二つ重なり、黒服の女性が出入りしたり寝たりするが、同じ人物が見え隠れして同じ動作をする。異次元が同時に見えているような不思議な動きに目が離せない。パンフによると、逆側からの同時撮影を一画面に合わせたそうで感嘆《かんたん》。才能ある人はいる、来てよかった。

やっぱり藝大はいいなあと腹が空き、久しぶりに学食「大浦食堂」に行こう。藝大にいる兄がうらやましくてやって来て、ここで食べたことがあった。今は「藝大食樂部《クラブ》」と名が変わって明るくきれいになり、一直線の長机に学生や先生らしきが、自分で運んだカレーに味噌汁をすすっているのがいい。ここならば伝統の〈豆腐のバター焼き定食〉通称〈バタ丼〉だが今日はなく〈四万十豚のルーロー飯〉に。

お盆でもらい、自分で給湯器でお茶を入れ、適当な席に。ご飯にひき肉の丼はややカレー風味があってやはり独創的だ。

藝大生になったつもりでふうふう。とてもおいしかったです。

80　上野の美術展

上野公園は、GWの青空のもと大勢の人だ。博物館前の噴水広場で幼い子が思い切り駆け出すのを、若い親は安心して見ている。二重三重の人だかりは大道芸で、大張りきりの芸人に拍手がわく。やっぱり緑の公園は大切だな。昔の都の役人は日比谷公園や、ここ上野恩賜《おんし》公園のように、都会の憩《いこ》いの場を大規模に作り、木を植えた。

しかるに神宮外苑再開発は、オリンピックに名を借りて今や維持が重荷になった大競技場を作ったばかりか、今度はさらに伐採して高層ビルを建てるという。不動産会社と一企業の金儲けのために、五十年もすれば確実に老朽《ろうきゅう》建て替えとなるビルを「特別に」許可した都知事は、故・坂本龍一の問い〈自分たちが享受《きょうじゅ》した緑地をなぜ次代の子に残せないのか〉に答えられないでいる。全国からの十万本の献木を、十一万の青年団が百年後を見据えて植樹してできた外苑の杜《もり》を、お前ごときが失わせてよいのか。カネでももらったのか。歴史的愚挙に次回の都知事選は落選確実だ。

国立西洋美術館の「憧憬《しょうけい》の地ブルターニュ」展を見て行こう。十九世紀後半から二十世紀はじめにかけ、日本人も含めた画家たちはフランス北西端ブルターニュに魅せられて出かけ制作した。地域をテーマにした美術展は珍しい。好きな岡鹿之助《おかしかのすけ》の「信号台」は、小品ながら、例のかっちりした建物描写がよく、これでフランス画壇にも認められたとある。デザイナーの私には観光ポスターがうれしく、里見宗次《さとみむねつぐ》作もある。

未知の画家に出会うのが展覧会の楽しみ。モーリス・ドニの「若い母」は、赤ちゃんを抱く母を囲む女たちと男の子の表情が幸福感に満ち、下に兎が三匹いるのがいい。リュシアン・シモン「庭の集い」は、野外舞台で踊る少女を紳士淑女が見る絵で、夕方にそこだけが明るい舞台でけなげに踊る少女に魅せられ、撮影可とあるのでいっぱい撮ったが色がうまく出るか。

今見てきた藝大「買上展」の、一途に追究する若さの執念と違い、こちらはのどかに絵を描く喜びにあふれていた。その足で常設展も見て、ああここにはこれがあったんだと確認。その最後、新収蔵品とあるピカソの婦人像はとてもよかった。

GWの美術展めぐりは爽やかな風も浴び、良い一日だった。

81 日本居酒屋遺産

二〇一八年三月、文化庁から「平成三十年度文化庁長官表彰」を受けた。名簿によるとさまざまな分野の個人八十六件・団体三件の被表彰者のうち、私の主要経歴は〈グラフィックデザイナー・居酒屋探訪家〉。功績概要は〈永年にわたり、日本の食文化について独自の視点による著述活動を通じて食文化の発展に寄与し、我が国の文化芸術の振興に多大な貢献をしている〉とある。

文部科学省の表彰式で表彰状を手渡され、簡単な立食茶話会になり、職員の方が「おめでとうございます」と声をかけてくれ、ちょうどよいと質問した。

「私の表彰理由は何でしょう？」

「もちろん、居酒屋を通した食文化への寄与です」

ははあ、やっぱりお堅い功績概要に「居酒屋」の字は入れたくなかったのだろう。

そして考えた。有り難いことだが、私はそんな表彰されるようなことはしていない。

ながい間、居酒屋を訪ねて書いてきたのは個人的漫遊記だ。しかしそれを通して、居酒屋は酒肴のみでは語れず、古くから続く店はその地になくてはならない存在になっていると知った。その歴史と理由を探って記録することが、この表彰に応えることではないかと考えた。

そして出版したのが『日本居酒屋遺産』（トゥーヴァージンズ社）だ。その条件は

・創業が古く昔のままの居酒屋であること
・代々変わらずに居酒屋を続けていること
・老舗であっても庶民の店を守っていること

歴史、聞き書きに加え、建物、内装の写真をたっぷり入れ「東日本編」「西日本編」の二分冊で、計二十六軒を紹介。北海道から沖縄まで、低予算の日本中取材はたいへん苦労したが、満足できる本になり、何よりも協力してくれた店がどこもとても喜んでくれたのがうれしく、自らに与えた課題を果たしたつもりになれた。

なじみの居酒屋があるのは人生の幸せ、何十年にもわたって通い続ける客の列に自分も加わること。ぜひ手に取ってみてください。

82 忌野清志郎

仕事場のCD棚の上に、お神酒《みき》、招き猫、長刀鉾《なぎなたほこ》、日光山お札などに並んで、額入りの忌野清志郎の写真を置いている。二〇〇九年に亡くなった後の、青山葬儀場の「青山ロックン・ロール・ショー」と題された葬儀に六時間並んで手を合わせ、いただいてきた遺影だ。

一九七二年頃、渋谷の東京山手教会地下のライブハウス「渋谷ジァン・ジァン」に出演を始めた三人組「RCサクセション」にたちまち夢中になった。発売されたアルバムとは全く違う彼らの強烈なサウンドと歌詞は、客の大部分を占める女子高生に理解されていると見えず、大人の男のファンもいるぞと日本酒一升瓶を楽屋に届けたこともある。

後に知り合いを通して清志郎と飲もうとなり、三軒茶屋の居酒屋に案内するとそのことの礼を言われてうれしかったが、居酒屋の名物女将は彼の緑に染めた髪を見て「音楽かなんかやってんでしょう、若いうちだけよ」と説教、小声で「はい」とうなずき、こちらも苦笑した。

もう一軒となり、タクシーで当時東大駒場寮にあったバーに行き、カウンターで飲んでいると、女子の寮生が東大生らしい物怖《ものお》じのなさで「寮生室にギターがありますから何か歌ってくれませんか」と申し出て、彼は気軽に「いいよ」と席を立ち、残った我々二人は遠慮してそこには行かず、先に帰ったことがあった。

渋谷ジァン・ジァンには小型カセットレコーダーを必ず持参し、こっそり録音していたのは家で再び聴くためで数十本になったが、メンバーの破廉《はれん》ケンチからその当時の録音は一切残っていないと聞き、次第に重要性に気づく。清志郎が亡くなり、版権など数々の困難をクリアして作られた、未発表曲も含むRCサクセションのCDアルバム『悲しいことばっかり（オフィシャル・ブートレグ）』を作ったことで何十年も持ち続けた肩の荷が下り、清志郎に捧げるつもりで解説を書いた。

最晩年のアルバム『夢助』の冒頭曲「誇り高く生きよう」は、誇り高く生き、すでに澄明《ちょうめい》な境地に達していた彼の、力まず、しかし力強い永遠の名唱だ。

この文を書いている今日は偶然、五月二日の命日だった。合掌《がっしょう》して聴こう。

83 歌謡曲好き

クラシック、ジャズ、ロック、中南米音楽と何でも好きだが、年齢が上がると歌謡曲が一番になった。

買いそろえたCD「忘れじの昭和流行歌大全集」全11巻・176曲、「懐かしの昭和流行歌全集」全10巻・160曲、「灰田勝彦《はいだかつひこ》全集」全5巻・120曲、「橋幸夫《はしゆきお》大全集」全5巻・90曲、「吉永小百合全集」全6巻・118曲、「アキラ　小林旭《こばやしあきら》」全4巻・69曲、などなどを毎夜聴き続けた。その良さは何といっても歌詞が日本語なこと。歌手は詞の意味に沿って感情を込め、歌い上げる。

そこに歌謡曲百曲のアルバムを作る話がきたときは狂喜《きょうき》した。選曲に制約はあるものの、力を入れたのは曲の音楽的解説だ。——例えば、「この世の花」島倉千代子《しまくらちよこ》〈物語的なイントロから、極度の緊張でやや弱く始まった歌唱は、無我夢中で突き進む。1番を歌い終えた2番の落ち着きは次第に熱をおび、3

番に至って自信と丁寧さに変わる。デビュー曲に賭けた「泣き節」お千代、一世一代の熱唱〉。――あるいは、

「東京の屋根の下」灰田勝彦　〈1948年、まだ焼け跡が残っている東京を、ゆっくりと低空撮影するように、日比谷、上野、銀座、新宿、浅草、神田、日本橋と歌詞が続く。「なんにもなくてもよい」の詞は、文字通りいまはこうだが「夢の東京」の再生に希望を託す。戦争は終わり、甘い曲を歌えるうれしさ。しみじみと平和をかみしめるような服部良一《はっとりりょういち》の曲もさすがの出来だ〉。――もうひとつ、

「ロマンスガイド」コロムビア・ローズ　〈快調なテンポで、硬質に張った色気をふくむ透明感のある歌唱が続く。こうしたストレートにきれいな歌声の歌手は絶滅してしまった。その硬い色気が「テレビ塔」「花の里」「ロマンスの」のところで一瞬崩れ、制服の裾が乱れたようにどきっとするが、続く男声合唱で再び持ち直してバスは続く。代表作「東京のバスガール」をあえてはずしてこちらを収録〉。

……どうです、聴きたくなるでしょう。「太田和彦　いい夜、いい酒、いいメロディ魅惑の昭和流行歌集」（ビクターエンタテインメント）です。

84 歌謡曲レコード

仕事場の棚にLPレコードが左右六メートルに並ぶ。およそ千五百枚か。会社勤めの初月給で念願のステレオを購入以来こつこつ買い集めた宝物だ。

クラシックはバッハ、モーツアルト、シューベルト、ブルックナーなどなど。ジャズの名盤はおよそそろい、中南米音楽もたっぷり。ロックは案外少ない。いろいろ聴いてきて、私は歌が好きだとわかった。膨大にある女性ボーカルは少しも聴き飽きない。歌は楽器演奏よりもストレートに心にひびく。

歌で最近愛着深いのは歌謡曲の二十五センチ盤だ。LPは三十センチで片面およそ二十分。こちらは十五分ほどで、歌なら両面計八曲が手頃として少数作られた。

松本の中古レコード屋で見つけてから、帰省すれば必ず顔を出して買い、「三橋美智《みはしみち》也《や》ヒットアルバム」「橋幸夫傑作集」「魅惑の低音フランク永井」、「今日は三波春夫《みなみはるお》です」、アイ・ジョージ「ジョージと共に」、島倉千代子「千代ちゃんの秘密」、西田佐知《にしださち》子《こ》「アカシアの雨がやむとき」がそろった。三橋美智也「笛吹峠」に針を置こう。

君を都に　残し来て
ひとり行く旅　信濃路に
あゝ　笛吹峠　風吹けば
そよぐ白樺　夕陽がわびし

吹き込みの一九五九年は戦後十四年目。ようやく世の中も落ち着き、好きな歌手のレコードを買って聴く余裕もできた。レコードの良さは、テレビなどと違い、見るものはせいぜいジャケットくらいで、しみじみと没頭して聴くところにある。そうして聴く、横笛で始まるこの曲の、落ち着いたテンポ、朗々とのびる声、歌われる風景、込める思い。耳だけだからそういうものが真っ直ぐに心に入ってくる。

日本語で歌う日本の風景ほど胸に沁みるものがあろうか。レコードを買って聴くというつつましい楽しみがあったことが胸にせまる。流行歌は流行が去って音楽的真価が見えてくる。年月を経て宝物に気づいたのだ。

これを最高級のオーディオセットで聴くのは、最も贅沢なことではないか。

85 音楽映画二本

都内の名画座はどこも充実した特集上映が続く。ラピュタ阿佐谷は「音楽とともにあれ」の音楽映画三十一本。また通わねばならず、仕事する時間がな〜い！『希望の乙女』（佐々木康《ささきやすし》／1958年）は美空ひばり芸能生活十周年を記念して作られた豪華大作で、歌手を夢見て北海道から上京、最後は大舞台に立つという定番。冒頭いきなりひばりが馬に乗りながらヨーデルを歌うと牛乳馬車の四人（ダークダックス）がコーラスで応え、もうニコニコ。東京に訪ねた作曲の先生はなんと山村聰《やまむらそう》。いつものおだやかな紳士ではなく、音楽には厳しいが頑迷《がんめい》で酒を離さない。指導を請《こ》うが相手にされない音楽好き十人が今日も庭で演奏、ひばりは早速歌って仲間になる。

音楽映画は演奏場面が真似事か本物かが問題だ。こちらは大歌手に役者の真似事では失礼かと本物で、台詞はぎこちないが演奏は安心。物語はともかく、あぶらの乗りきったひばりの歌と踊りを存分に見せ、ミュージカルナンバー、ジャズ、ラテン、マンボとふんだんに衣装を替え、ダンサーを大勢従えてステージをくりひろげる。中でもシルクハットに黒燕尾《えんび》服でステッキを手にした登場は、天才子役と瞠目《どうもく》された「東京キッド」の再演で、かくもステッキを使えるのはひばりしかいないと感動。

一方、連絡船上で出会って以来反目し合う恋の相手・高倉健《たかくらけん》は、なんとサックスを吹くバンドマスターで、その後の健さんでは考えられない役。クラブの乱闘シーンはうまいがバンド指揮はヘタ。かたやひばりの才能を知った山村のバンド指揮は堂に入り、この人のいつもの丁寧な演技が映画を支え、それはひばりを助ける役の姿と重なった。

もう一本『嵐を呼ぶ友情』（1959年）は音楽映画の第一人者・井上梅次の脚本・監督。いきなり登場した宇野重吉《うのじゅうきち》はなんと、今は忘れられた天才トランペッター役で朗々とペットを吹くのにびっくり。物語は宇野の厳しい指導に堪えられなくなった息子・小林旭がぐれて家出してギター流しになり、やがて改心というパターンだが、アキラは全然気合いの入らない芝居でダメ。しかしギター演奏はいい。いつもは癖のある金子信雄がここではまともな音楽評論家で、場末《ばすえ》の居酒屋で宇野に一杯注ぐ場面はよかった。

見終えた二本は山村聰と宇野重吉の映画でした。

86 音楽とともに

朝から夜まで一人で仕事をしていると一日中しゃべらない。電話はめったに鳴らないし、電話で話すのが苦手なのでだいたい「はい、わかりました」で終わりだ。仕事場は静かで、音は音楽を流すときだけだ。

日中はクラシック。あまり壮大な曲よりは、単純な繰り返しのバロック音楽がよく、ヘンデルやバッハの耳慣れた合奏協奏曲や管弦楽組曲、ブランデンブルグ協奏曲あたりを小さくかける。聞き流すのにはＣＤがいい。

昼を過ぎるとやや頭が疲れてくるので情緒的な曲がよく、ショパンやシューマンが登場。このときはレコード。レコードはそこで回っている緊張感があり、終わると針を上げなければならないから気を許せなく、それゆえきちんと聴く気になる。初夏の今頃はイギリスの作曲家・ディーリアスの小品集「川の上の夏の夜」が、あまり起伏《きふく》なく続いて落ち着く。

たまに時間をとってしっかり音楽世界に浸ろうというときは、音量を上げてブルックナーの交響曲全集だ。机に足を上げ、延々と続く曲世界に浸る一時間。夕方の室内楽もたいへんよく、ウィーンの花・バリリ弦楽四重奏団は二十二枚組全集を持っていて、そのモーツアルトには毎回感動できる。

夜になると声が聞きたくなり女性ジャズボーカル登場。キーリー・スミスの伸びやかな声、エラ・フィッツジェラルドの歌のうまさ、ジョー・スタッフォードのエレガント、ジュリー・ロンドンの低音セクシーと歌手は勢ぞろい。そこにラテンのリズム、カッポカッポと打つコンガが入ると疲れはさらにとれ、それならとベッチ・カルヴァーリョのサンバに手がのびることも。

このへんで神輿《みこし》を上げ、神棚に手を合わせ、電灯を消し、玄関の鍵をかけてご帰還。ひと風呂浴びて待望の晩酌タイム。このときはテレビも新聞も音楽も何もない放心状態だが、酔ってくるとたまにCDプレイヤーを持ち出し、イヤホンで聴くのは歌謡曲以外にない。何百回と聴いているのにまた涙が出る歌謡曲の力よ。

誰ともしゃべらず、音楽だけが相手の日々です。

87 小学生

歩いて仕事場に向かう朝、登校の小学生が目立ち、男の子は小突き合って走り出したり、女の子は三、四人かたまって携帯をのぞいたりしている。そうか、今日は四月六日、新学期が始まって、子供たちも久しぶりに顔を合わせたのだ。

坂途中の小学校の校門は、先生の手作りか、「にゅうがくおめでとう」と切り文字でアーチになっている。早めに来たらしい黒スーツ礼装の若いお父さんお母さんは新入生の手をとる。その子の半ズボンもおニューのようだ。

入学式。子供は初めて文字通り親の手を離れて、同年代の子の集団に入る。後ろの席で親が、わが子はちゃんと座れているか、泣いたりしていないかと目で探す。やがて担任の先生が紹介されると一斉に子は注目する。

いろいろあって最後の校歌斉唱の頃になると、親もわが子もここまで来たかと感慨《かんがい》がわくだろう。明日からは毎日学校だ。がんばれよ。

三月早生まれの私はとても幼く、田舎の小学校入学式のことは何も覚えていない。記憶にあるのは心細くつかんでいた母の着物の羽織がエジプト柄だったことくらいだ。入学してすぐの遠足の日は何かの病気で休み、先生と一行が学校出発後に私の家に寄って声をかけてくれたことを憶えている。先生はどなただったのだろう。

教師である父の転勤にともない、小学二年で転校した。担任の丸山良子先生は教職についたばかりの初赴任で、意欲的で厳しく、今では考えられないが、提出物を忘れると家まで走って取りにゆかされた。

しかし熱心なこの先生が大好きだった。あの厳しさが間違いなく自分を作った。五年生になるときまた転校が決まり、一番自分が大切にしているものを先生に贈りたいと、先生の下宿を一人で訪ね、部屋に上げてお茶を入れてもらった。その贈り物は熱心に集めていたマッチレッテル集で、今から思うと迷惑なだけだが、それが私の宝だった。「がんばりなさい」と激励《げきれい》されて玄関を閉めると涙がわいた。私は丸山先生の最初の教え子であり、最初に去った子だった。まだ自意識のない小学生時代に尊敬できる先生に出会えるのは最大の幸せだ。私が今あるのは三年間教わった丸山先生のおかげだ。

88　守り神

昔、大阪通天閣で「ビリケン」に出会ったときはうれしかった。とんがり頭にキツネ目で両足をそろえて前に出し、足裏を撫でると福がつくという浪花《なにわ》の守り神はなんとも愛らしく、以来ファンに。後年、アメリカ映画『哀愁』（1940年）をリバイバルで見て、冒頭、霧のロンドン、ウォータールー橋に立ったロバート・テイラーが、死んだ恋人ヴィヴィアン・リーを思って見つめる彼女のプレゼントがビリケン人形だったときの驚き！西洋の甘い恋愛映画に突然タコ焼が出てきたようで、あの浪花のお守りがなんでここに⁉

後に調べるとビリケンは一九〇八（明治四十一）年、アメリカの女性芸術家に考案されたものと知り、へえと思った。阪本順治《さかもとじゅんじ》監督、大阪新世界三部作の映画『ビリケン』は、斜陽の通天閣にビリケンを飾ると大繁盛という物語でおもしろかった。

守り神なら「仙台四郎」。少々頭が足りなく、いつもふんどしから一物がちらつく四郎だが、立ち寄った店は繁盛すると言われるようになり、ニコニコと腕組みして座る絵《え》草紙《ぞうし》は飲食店の縁起物に貼られるようになった。今や仙台のみならずあちこちに仙台四郎がいます。私も仙台四郎になりたい。

居酒屋の縁起守りなら大徳利と大福帳を提げた「信楽狸《しがらきだぬき》」だ。商売繁盛など八相縁喜《はっそうえんぎ》と言われ、愛嬌《あいきょう》のある目つきは頭を撫でたくなる。明治天皇が焼物名産地の信楽を行幸した際、この人形に旗を持たせて並べて歓迎したのをとても喜ばれて有名になったという。京都で人気高い立ち飲み酒場、裏寺町の「たつみ」で私がいつも立つのは、カウンターにこれが置かれた前。久しぶりだなと言うと、どんぐり目で「うん」と言ってくれる。これの大きいのを仕事場玄関に置こうと思ったが、やめました。

福の神なら、大きな頭に裃《かみしも》で正座する「福助」。江戸時代からの縁起物ながら、ビートルズの最高傑作アルバム「サージェント・ペパーズ・ロンリー・ハーツ・クラブ・バンド」のジャケットの一番前にも座る。私が独立して作ったアマゾンデザインに、琺瑯《ほうろう》看板コレクターの友人がお祝いにくれた福助足袋の丸看板はおおいに御利益があった。

今は京都の門前市で買った焼物の福助が、仕事場の玄関でお客を迎えています。隣に可愛い「招き猫」もいます。

89 銅像

町の中に若い女性の裸の像が立っている。男のもある。芸術かもしれないが全裸をさらして立ち続けるのはいかがなものか。風紀ではなく、どこがよく、どういう意味があるのかわからない。個性のない人物は誰にとって価値があるのか。

それと違い偉人の銅像は人物個性がくっきりと表現されるところがいい。人物価値、彫刻の芸術性、ふさわしい台座、立つ背景。この四つがそろえば名品だ。私の思う日本五大銅像を挙げてみよう。

第一は金沢兼六園《けんろくえん》に立つ「明治紀念之標」日本武尊《やまとたけるのみこと》銅像。明治十三年、隣の富山県の鋳物《いもの》の町・高岡で鋳造《ちゅうぞう》された日本最初の青銅像で高さ五・五メートル。洋風門灯の囲む自然石台座のはるか高みに古代の服をまとい「どこからでもかかってきなさい」と剣を構える武尊の姿は悠然と微笑をたたえてすばらしい。

鹿児島には大久保利通《おおくぼとしみち》、東郷平八郎《とうごうへいはちろう》などいくつも立つが、一番は照国《てるくに》神社の薩摩藩二十八代藩主・島津《しまづ》斉彬《なりあきら》公像だ。人物彫刻の巨匠・朝倉文夫による気品はみごと。

熊本で最も尊敬される人物は加藤清正《かとうきよまさ》。市内から離れた山腹の菩提寺本妙寺は自らが築いた熊本城と同じ高さに祀《まつ》れの遺言によるもので、そこから石段三百段上の、巨匠・北村西望《きたむらせいぼう》による、台座含む高さ十七メートルの巨像は今も熊本の町を見ている。

高知桂浜《かつらはま》。片腕を懐に細い目で茫洋《ぼうよう》と太平洋を見つめる坂本龍馬《さかもとりょうま》像は、台座を含めた高さ十三・五メートル。この像建立は、新日本建設の理想を胸に三十三歳で斃《たお》れた龍馬の生き方に共感した高知県の青年たちの手によるという銘板がいい。

東京はやはり上野公園の西郷隆盛《さいごうたかもり》像か。鹿児島のそれは威風《いふう》ある軍服姿だが、こちらは草履に着流しで犬を連れた私人。制作開始明治二十六年、三十一年十二月除幕式。作はこれも巨匠・高村光雲《たかむらこううん》だ。和田誠監督『麻雀放浪記』のトップシーンはこの像のアップからその下にいる主人公（真田広之《さなだひろゆき》）にパンする、まことに的確な出だしだった。

しかし私は政治家などよりも、もっと文化人や学者像を建ててほしい。夏目漱石《なつめそうせき》、南《みな》方熊楠《かたくまぐす》、黒澤明、手塚治虫《てづかおさむ》……。そして女性、与謝野晶子《よさのあきこ》、平塚《ひらつか》らいてう、樋口一葉《ひぐちいちよう》、高峰秀子……。この像が建てばジェンダー論も本物か。

90 コースター

バーでグラスはコースターに置く。吸湿性のよい厚紙の使い捨てで、裏に何かメモしたり、もらって来て家でも使う。しかしこれは盃には合わない。

繊細な日本人は茶碗に茶托《ちゃたく》があるように、徳利や盃を直置きせず、徳利には木の袴《はかま》をはかせ（保温目的もある）、盃には同じ磁器で盃とセットの盃台を用意した。神楽坂の「伊勢藤」は見事なコレクションがあり、その盃台で供してくれる。

なにごともお手軽になってこれらはあまり見なくなったが、家で落ち着いて飲むときは、盃に何か台とか敷物を与えたい。日本酒用のコースターは時々見かけ、絣《かすり》など布製は家庭的な温かみがある。箱根で買った箱根細工のは上等な漆塗りだったが、吸湿しないで滑るのが難点だった。樽に使う杉の一大産地、弘前《ひろさき》の老舗料亭でいただいた一枚板の盃台は木肌が美しく愛用している。

松本は職人の多い城下町で、柳宗悦《やなぎむねよし》の民藝運動に共鳴して工芸が盛んになり、毎年五月を「工芸の五月」として、一ヶ月にわたり全国から工芸職人を集めて展示や販売を行っている。若い職人たちと話をしながら製品を手に取るのが楽しく、広場の木陰には仮設飲食店や家族テントも出る盛況だ。ある年、白樺やミズナラの間伐材輪切りを売っていたのを買い、家で盃を置くとまことにおさまりがよく、さらにビールやワイングラスも落ち着く。魅力は同心円の年輪の自然感で、同じ物は二つとないのも所有感を満たす。吸湿性もあり、翌朝はよく乾かすと気持ちがよい。

これはコースターに最適だ、しかも間伐材利用で資源保護にもなると、早速製品化企画書を作り、松本の工芸店に持ってゆくと「こんなもの売れません」と門前払い。「私は居酒屋に詳しい者ですが」とも言ったが「はあ?」だった。

この話が某所で実現することになり、酒樽に最適な高級吉野杉「樽丸」の樹齢三十年の間伐材を使い、難点だった吸湿がシミになるのを、ガラスウッドコートで防ぐようにした。サイズ、厚さなどいろいろテストのうえ、名付けた品名は「ねんりん」。緑の吉野杉樹林写真を取り入れてパッケージをデザインし、ネット販売することになった。

三十年の年輪に盃を置いてお楽しみください。

91 松本

白雪をいただく北アルプスを背に建つ黒瓦黒漆壁の松本城は、日本最古の城で国宝だ。その先の旧開智《かいち》学校は、正面の校名額に天使があしらわれ、建物は明治初期の擬洋風《ぎようふう》建築でこれも国宝。市内の中町通りは白いなまこ壁の蔵が続き、昼もいいが、夜の闇に浮かび上がるのは幻想的だ。松本は戦災にあっていないため戦前の洋建築がたくさん残り、特徴はビルではない個人規模なこと。城外堀りに沿う宮島医院の赤屋根白壁スパニッシュ風などすばらしく、アールデコや看板建築など建物好きにはたまらない。チェーン店のユニクロや無印良品、西友などが全くない昔ながらの町並みは安心感がある。

遠く美ケ原高原を望んで市内を貫流する女鳥羽川《めとばがわ》は、大きな石や草むらの急流に鯉が尾を振る。松本はまた名水の町。清らかなアルプス伏流水のポンプ井戸は至る所にあり、それぞれ味が違い、市民は好みの井戸にポリタンクで汲みにゆく。

その名水で仕込んだ信州地酒は今日本一。飲ませる居酒屋も充実し「きく蔵」「よしかわ」「満《まん》まる」に最近「深酒」も加わり、いかようにも楽しめる。昔と違い流通の発達で日本海の魚介は新鮮なまま届き、初夏の山菜、秋のきのこは松本に来なければ出会えない名品。松本名物、地鶏の〈山賊《さんぞく》焼き〉は各店で味が違いこれも楽しい。

それよりも古い松本のソウルフードは〈塩いか〉。イカの内臓を取って塩を詰め、足でふさいだ塩蔵品。松本でイカは獲れなく福井や小樽で作るのを取り寄せた、山国松本では貴重な海の味で、袋には堂々と松本名産とある。地元では一般的過ぎて居酒屋には置いてないが、これを丁寧に出すのが居酒屋「あや菜《な》」。塩出ししてきゅうりと和える。酒の肴に最高です。

信州蕎麦なら鶏肉や山菜を煮た熱い鉄鍋に浸けて食べる〈とうじそば〉が人気。町中華の名店も多く、双璧《そうへき》は「百老亭《ひゃくろうてい》」と「廣東《かんとん》」。麻婆豆腐の食べくらべは名勝負だ。洋菓子店「マサムラ」のシュークリームは食べなければ損。

パブ「オールドロック」は本場ロンドン以上に正しいパブで、地の黒ビールが最高。仕上げのバーは「メインバーコート」と「サイドカー」だ。

以上、故郷松本を精いっぱいＰＲしました。

92 盛岡

ニューヨークタイムズの記事「2023年に行くべき世界の52ヶ所」で盛岡が二位だったそうで目が高いと思った。盛岡は大好きでしょっちゅう行き、しばらく行かないとそれゆえにまた行きたくなる魅力がある。

盛岡市内は北上川、中津川、雫石川が流れ、橋上から眺める上流の岩手山は冠雪などの四季を見せ、秋は太平洋から鮭が。産卵しながら上ってくるつがいはだいたい開運橋あたりで共に息絶えるのを見下ろせる。その中津川土手下の川沿いの細道は、わざわざ下りて流れを見ながら歩く人も多い。国の重要文化財「岩手銀行（旧盛岡銀行）旧本店本館」など名建築が立ち並ぶ町に、山川の自然の空気がつねに流れている。

東の高みに位置する盛岡八幡宮は立派な青銅灯籠《とうろう》など見どころ多く、七五三など市民に愛され、長大な馬場は南部駒の「南武流《なんぶりゅう》 流鏑馬《やぶさめ》神事」が行われる。

若き石川啄木《いしかわたくぼく》が寝ころんだ盛岡城趾公園、宮沢賢治《みやざわけんじ》ゆかりの光原社《こうげんしゃ》は、盛岡を文学の町とし、ひっそりと立つ米内光政《よないみつまさ》像、小公園の新渡戸稲造《にとべいなぞう》座像、平民宰相・原敬《はらたかし》の質素な墓など郷土の偉人への尊敬も欠かさない。やや離れた「南昌荘《なんしょうそう》」は、みちのくの鉱山王・瀬川安五郎《せがわやすごろう》の屋敷で豪壮《ごうそう》な建物、庭園が東北らしい。

市内の古い荒物屋「ござ九」、川べりの喫茶店「ふかくさ」、南部鉄器の店など、地に足のついた生活感がある。最も古い町並・鉈屋町《なたやちょう》の、屋根掛けの立派な湧き水共同水槽は、飲料用、米とぎ用、野菜洗い用と順番に続く。

どんどん何杯もお代わりする〈わんこそば〉もいいが、私は「直利庵《ちょくりあん》」の季節の変わりそば〈あゆそば〉や鱈《たら》の白子の〈たちこそば〉が大好きだ。

さて夜ともなれば市内中心・櫻山神社門前の三筋にわたる古い飲食街がいい。気楽な居酒屋、のびのびできる畳敷き、素敵な女将の小さな店。気仙沼直送の魚、秋のきのこ、里芋、そして南部杜氏《とうじ》の名酒。盛岡の酒は炉端酒のようにゆっくり飲んで過ごすのがよく、話題は山の収穫や文学論だ。

仙台はまだ東京的だが、盛岡まで来ると中央から完全に離れた風光、文化、人柄があり、日々に疲れた自分を初心に帰らせる。ああまた行きたくなった。

93 函館

はるばるきたぜ　函館へ
　さかまく波を　のりこえて

函館に来たらこれを歌わずにはいられない。快唱「函館の女《ひと》」をヒットさせた北島三郎《きたじまさぶろう》は函館西高校出身だ。

明治の函館は本州旧藩の束縛を離れた自由な気風で町を発展させ、当時建てられた洋風建築が魅力だ。市電で行く海辺旧桟橋の赤煉瓦《れんが》倉庫群や洋風二階建てペンキ塗りの和洋折衷《わようせっちゅう》はおもしろく、「旧金森洋物店」の展示は、明治時代の商家で使われていたものや、オルゴール、洋食器など「ハイカラ函館文化」を伝える。

魚見坂《うおみ》、船見坂《ふなみ》、千歳坂、姿見坂……。函館は坂の町でどこも港を見下ろす眺めがよく、コロニアルスタイルの旧イギリス領事館、コリント式列柱が優雅な旧北海道函館支庁庁舎、煉瓦積みの函館中華会館などいくつもの洋館が並ぶ。主役といえるのが基坂《もといざか》上の旧函館区公会堂で、二階の長大な外回廊から見る港の風景は雄大だ。さらに上った大《だい》三坂《さんざか》の「ハリストス正教会」は直線曲線対比の白壁に緑の丸い小屋根をのせた典雅なロシア・ビザンチン様式。あたりは教会が多く映画の撮影にもよく使われる。函館は建築好きにはたまらない。

札幌は味噌、旭川は醤油、そして函館は塩ラーメン。松風町はずれの古い「滋養軒《じようけん》」は透明スープに昆布出汁が利いた黄金の味。五稜郭《ごりょうかく》の小さな居酒屋「四季 粋花亭《すいかてい》」は、海山の豊富な素材を存分に生かした創作料理で全国からの客をうならせる。

函館はまたイカの町。〈灯りさざめく松風町は〉と歌われる繁華街松風町の居酒屋「海鮮処 函館山」は、大きな水槽に泳ぐ朝捕れイカの透明なのを網ですくうや、しゅぽっとゲソを抜いてスイスイ切り、ゲソはまだ動いている。その透明な甘味。

もうひとつ必食は、かつて高級品のバターは使えずイカ塩辛をのせたという北海道のソウルフード〈じゃがバター〉。尊敬を持ってお盆で運ばれるうまさは格別だ。はずれの山小舎のような古いバー「杉の子」はその後の寄り所。

異国感のある函館が大好きだ。

94 金沢

北陸新幹線で東京から金沢はとても行きやすくなった。信州千曲川を渡り妙高連峰の高峰を眺めて日本海に出ると裏日本に来た実感がわき、富山を過ぎればそろそろ降り支度だ。「裏日本」は蔑称《べっしょう》と言う人がいたが、世の中も人間も表があれば裏もある。作家文人が裏日本に心惹かれるのは、人間の真実はこちらにあるのではないかという思いだろう。若いときは太平洋の彼方《かなた》に希望を託すが、人生経験を積むと日本海の荒波にわが人生を見る。――ソレハトモカク。

加賀百万石の金沢は文化を重んじて育てた。金沢城櫓《やぐら》の石垣に面して日本三大名園の一つ「兼六園」のあるあたりは文教地区で、井上靖《いのうえやすし》らが学んだ「石川四高記念館」は人物伝がおもしろく、新しい「金沢21世紀美術館」は開放的な建築で賑わっている。金沢を代表する景観「ひがし茶屋街」はため息が出るほど美しいが、ここの座敷で遊ぶには敷居が高い。でも素敵な喫茶店もある。

金沢もまた、私の好きな市内を川が流れる町。〝男川〟犀川に対し〝女川〟浅野川は水流やさしく、大正ロマンを思わせる三連アーチの「浅野川大橋」や、泉鏡花《いずみきょうか》の小説「滝の白糸」に由来する水芸人の像がいい。

文学ファンならば「泉鏡花記念館」だ。落ち着いた木造二階家は、小村雪岱の挿絵などたっぷり一時間は楽しめる。近くの「金沢蓄音器館」は古いSPレコード（わかりますか？）を聴ける貴重なコレクションだ。お買い物ならば広大な「近江町市場」。あれこれ買って宅急便で送っておこう。好きなのはどじょう蒲焼。

夜の部がまたお楽しみ。金沢は大人が夜出かける文化があり、料理屋「浜長《はまちょう》」は、まず出る八寸がすばらしく、親方の口癖は「承知！」。お隣の年配二人連れがうらやましい。気楽に入るならば大衆割烹「大関」。男一人やご婦人二人のカウンター、子連れ家族の座敷など地元客でいっぱいだ。古いおでん屋が多いのは学生を応援してのこと。金沢や京都など学生を大切にする町はいい町だ。東京はダメ、「学生さん」ではなく「おい、学生」と安く使える労働力としか見ない。

熟年夫婦旅に金沢ほどふさわしい所はない、ぜひ二泊三日で。

95 島好き

島が好きだ。昔、作家の椎名誠さんら十三人とキャンプに渡った瀬戸内の無人島は簡単に一周できる小島で、こりゃ逃げ場はないなと笑い合ったが、翌日大暴風雨に襲われ命からがら引揚げた。この顛末《てんまつ》は『あやしい探検隊　海で笑う』（椎名誠・中村征夫《なかむらいくお》／角川文庫）に写真入りで詳述。

小島はほとんどの場合フェリー船で渡り、船上から島が見えてくるドラマ性がよく、桟橋に下り立つとわくわくする。先日テレビ取材した瀬戸内の小島・本島《ほんじま》は、瀬戸内海軍の歴史や文化、信仰がよく残り、見慣れないのがいるとついてきた猫は間隔をおいていつまでも離れず、友情を感じた。

最も通っているのは八丈島だ。これも椎名さんとが初めてだったが、魅力にとりつかれ一人で何度も渡るようになる。島の良さは、天災などでひとたび本土との連絡が途絶えたら、災害、食料、病気、出産などすべてを自分たちでしなければならないという覚悟だ。ゆえにか島は子供を大切にし、その無邪気さは都会の比ではない。共通するのは来島者を温かく迎える心で、帰る日には必ず胸せまり、また来ると言う。

そして四囲《しい》を海に囲まれた食材の豊富さと独自の料理文化。八丈島の居酒屋「梁山泊《りょうざんぱく》」の小粒強烈な青唐辛子を浸した醤油で食べる〈トビウオ〉よ、海藻を魚くずで固めた〈ブド〉よ、山菜〈アシタバ〉のビール割りよ。

島に着いてまずするのはビーチサンダルに履き替えること。そして飲んで外に出ればすぐに深い自然。そこに寝ころんで仰ぐ満天の星よ。

このところ好きなのは五島列島で、上五島、下五島、さらに小島にひっそりと建つ隠れキリシタン教会の純粋な信仰心の尊さに打たれた。沖縄の島はほとんど行き、映画ロケで一ヶ月滞在した石垣島は、観光で訪ねるのとは違う島の日常に完全に溶け込め、至福の毎日だった。

私の本『居酒屋百名山』を手にまわっている人に時々出会い、異口同音《いくどうおん》は「あと残り一つ、宮古島の『ぽうちゃたつや』です」。宮古島こそ、わが訪れた島々の中で最も美しい楽園。憧れて移り住んだ店の奥様の晴れやかな顔をまた見に行きたい。

96 東京の横丁

飲み屋横丁が人気という。その良さは、自動車が入ってこないので千鳥足《ちどりあし》でも危なくないこと。両側すべて飲み屋なのでのぞいて店選びできること。狭い店で知らぬ他人と詰め合って飲む楽しさがあること。また目の前の主人とも話しやすいこと。私の推薦する東京三大飲み屋横丁を挙げてみよう。

往年の横丁の風情を最も残すのが門前仲町「辰巳新道《たつみしんどう》」だ。名は江戸城辰巳の方角、鉄火肌《てっかはだ》で知られた辰巳芸者による。小路はY字に分かれ、奥でまた一つになるのが、一直線よりもぶらり気分を高める。小さな間口の居酒屋ばかりに最近はカラオケもできた。昔入った店はもと流しのギター弾きで、私のリクエスト「湯の町エレジー」を歌ってくれた。Y字角、父と息子でやる「ゆうちゃん」のカウンターは五人でいっぱい。常連客と旅行した写真などが飾られ、息子の料理は抜群だ。入り口近い「りんご」は青森出身美人姉妹の店。すぐ近い、ほんの数席の「大坂屋」は牛煮込みの名店。ほの暗いここを酔ってゆらゆら歩くのは横丁冥利《みょうり》に尽きる。

谷中の「初音小路《はつねこうじ》」は細路地に透明屋根がかかり、並ぶ間口狭い二階家は焼鳥、沖縄酒場、スナック風と常連客で賑わう。どこも表に花鉢や灰皿台を出し、路地一帯が家族の雰囲気だ。突き当たりの共同トイレは持ち回りで掃除し、当番店のメンツにかけてすばらしく清潔で鍵もかかる。私の気に入りは奥左に瓢箪《ひょうたん》形の提灯を下げる居酒屋「谷中の雀」。池波正太郎《いけなみしょうたろう》に範《はん》をとったという料理はすばらしい。昨年頼まれて十周年記念の盃をデザインしたので頼めば出してくれるかも。

あと一つは渋谷山手線脇の「のんべい横丁」。並ぶ木造二階家はモダン化する渋谷にあって奇跡と言われるが、隣の宮下公園に新しくできたのも横丁風飲み屋街で、むしろトレンドなのだ。最高の焼鳥を出す「鳥福」は二代目になっても変わらず古い常連を通わせ、戦後の渋谷は恋文横丁、第一栄楽街など横丁の街だったとここで教わった。「ビストロ・ダルブル　渋谷本店」「莢《さや》」「バーＮｏｎ」あたりはワインで横丁を楽しめ、外人客が片言日本語でご機嫌だ。同じ横丁でも無頼派文化人の新宿ゴールデン街と違い、どこか健全なのは井の頭線や東横線の土地柄によるのだろう。

97 地方の横丁

東北に横丁が多いのは、広い通りは寒いためだ。南の高知や博多は外の風に吹かれて屋台で飲む。東北は狭い部屋で肩寄せ合って飲む。

仙台は横丁の町で、伊達小路、稲荷小路、狸小路、虎屋横丁、壱弐参《いろは》横丁などが四通《しつう》八達《はったつ》する。一番古い文化横丁、通称ブンヨコは大正十三年に通じ、翌年そこにできた活動写真館「文化キネマ」から名がついた。入口が二つあって奥で合流する角には「文横」の大提灯が下がる。一番奥の肩幅ほどに狭い小路の居酒屋「源氏」は、江戸後期の穀物蔵で床は当時のままの石畳敷きだ。戦後すぐに始めてから仙台の経済人や大学人が集まり、ここで教授会ができると言われた。コの字カウンターに物静かな白割烹着《かっぽうぎ》女将が一人の落ち着いた雰囲気は今も変わらない。

八戸はその名の通り、たぬき小路、五番街、ロー丁れんさ街、長横町れんさ街、ハーモニカ横町、みろく横丁、花小路、八戸昭和通りと八つの横丁がある。横丁キャラクター「よっぱらいほやじ」は酔ってどこかにズボンを脱ぎ忘れた憎めないマスコット。JR東日本八戸キャンペーンポスターの吉永小百合さんはたぬき小路で撮影された。そこにある「せっちゃん」ではマルハ水煮の鯖缶を使う正調《せいちょう》〈せんべい汁〉をいただける。昔牢屋があったのでその名がついたロー丁れんさ街の「おかげさん」は、陽気な美人姉妹の店。日本一のイカ漁港八戸の午後水揚げが夕方届く〈PMイカ〉刺身をそのゴロ（胆）を溶いた醤油で食べるうまさよ。特等席はカウンター前の一畳小上がりのこたつ席。履物を脱いで足を突っ込み、美人姉妹に「あれ持ってこい、酒もう一本」は最高の贅沢だ。

そして長横町れんさ街の「山き」の美人ママさんこそわが永遠のマドンナ。小さなカウンターの客は皆行儀よく、というか美人級長の前では悪ガキもおとなしくなる。二階はハンサム息子のバーでこちらはその後。JRキャンペーンの小百合様のCMはここで撮影され、お座りになった椅子は小百合席として特別扱いだ。

横丁の良さは人との距離の近さ。そこに北の人情、東北訛《なま》り、郷土の味があれば言うことなし。夏もいいがやはり冬。ぜひどうぞ。

98 作りたかった本

私の本職はグラフィックデザイン。グラフィックにレタリング（文字書体）の知識、技術は欠かせず、文字を主役にしたデザインは得意分野だ。創作文字ではない活字の良さは、正方形に一定の法則でデザインされていること。アルファベットは二十六文字と少ないので書体も山ほどあり、何万円もしたバインダー全六巻の書体見本は必需品だった。しかるに日本字は膨大で活字棚は一部屋を要し、明朝《みんちょう》、ゴチックに分かれるものの書体は少ない。近年はパソコン制作で書体は増えてはいるがまだまだ完成度は低い。

長年見続けている古い日本映画の冒頭のスタッフ・キャストの文字は書体の宝庫と気づいた。人の名前だからほとんど漢字で、読みやすさを前提に一字の大きさは統一され、偏や旁《つくり》は共通しているのが書体デザインになっている。それがすべて手書きなのは、頻出する例えば「子」が皆同じながらわずかに差もあることでわかる。

そうして文芸作ならば端正に、恋愛作は情緒的に、音楽映画は軽快楽しげに、喜劇は大いに遊び、活劇は躍動的《やくどうてき》、女性映画はペン字手書き、家庭劇は子供の稚拙《ちせつ》な手書きとまことに多様。たとえ崩した行書でも、乱暴な書きなぐり風でも同じ字は同じにそろうのが統一された書体美だ。漢字はこれほどイメージを作り出せるものかと目を見張った。

映画の題名、例えば『仁義なき戦い』はポスターや広告で大々的に流布《るふ》するため、書体は宣伝部の苦心のしどころだが、スタッフ・キャストはプロローグとして与えたいイメージだ。黒澤明は必ず筆字で、作品内容により筆致、並べ方が違う。小津安二郎はつねに麻織地に明朝活字で内容を表す気持ちはなく、市川崑は活字をもて遊び過ぎて創作書体のおもしろさは案外ない。私の感想では巨匠よりも通俗娯楽映画の方がその宝庫だ。

当時は金を払って活字を組むよりも手書きの方が安くはやかったゆえ、色んな創作ができたのだろうが、ある時期からこれは消え一般活字の事務的になってしまった。

これを集めて本にすれば日本字レタリングの大字典ができる。そこにある様々な法則に従って新たに書いてみたい。しかし上映の撮影は禁止されているので個人ではできない。国立映画アーカイブあたりに協力してもらうしかないが無理だろう。まことにもったいない。

99 作りたかった本

多くの人々に受け入れられる一般性が必要なデザイナーという仕事は、大衆の好む美意識を知ることが必要だ。例えば焼物でも柿右衛門、今右衛門の名品ではなく、安い日用品を見る。日本人はそんな日用皿にも絵を求め、そこには日本の大衆美意識が表れているとわかってきた。

昔、ヨーロッパ陶磁の中心、ドイツ・マイセンの磁器美術館を訪ね、数々の名品を見てきたが、ほとんどは王侯貴族の豪華なものの一方、日本の明治期に海外へ向けて作られた伊万里《いまり》焼などの壺や大皿が尊敬を持って展示されているのも見た。それらは金箔を多用した装飾図柄で、風景や庶民などを描いた絵はない。またヨーロッパの食器は金縁白地ばかりで、そこに絵を描く習慣はなかったと知った。

しかるに日本庶民の食器は柄や絵が必ずある。九谷焼などは客用で豪華だが、安い日用品は藍染めだ。印判による装飾柄もよいけれど、私の注目は「絵」だ。

山の庵から降りてきた老人が橋を渡って湖の小島に向かい、遠い須弥山《しゅみせん》を眺める山水図や、碁の対局をまわりで眺める図は中国の故事に倣《なら》っているようだ。さらに柳に跳びかかる蛙を見る小野道風《おののとうふう》や、田植え、凧揚げなど、日常の題材も多い。日本人は何もない白皿ではなく、そこに何か絵が欲しい。沢庵三切れも絵で引き立つ。

そこで長年集めた安い藍染め小皿を原寸写真で載せ、その美を解説する本を作ろうと考えた。難しい論ではなく絵のおもしろさを語りたい。

雑誌連載から始めようと「藍染有情」というタイトルでレイアウト見本を作った。

その一つ〈山並みの杉の梢の先にぽっかり上った月の手前にたたずむ二頭の鹿が絶妙だ。やわらかな山の稜線に対比する針葉樹の尖りの先端がやや月にかかるのは遠近感をつくり、鹿の遠さを強調する〉。あるいは〈葛籠《つづら》を背にした旅人が二人。一人は両手に杖と風呂敷包み、あと一人は葛籠に子を乗せて脇の大滝を眺め、髷《まげ》姿、脚半《きゃはん》に裸足は明治以前の支度だ。泉鏡花を思わせる絵は、なにか底本があるのだろうか〉。

それを持って雑誌「サライ」に提案したが没《ぼつ》だった。作りたい本を実現するのはたいへんだ。どこかでやってくれないかな。

100 晩酌

スーツにネクタイでかばんを持ち、片手は白杖をついたサラリーマンが、道をたどってゆっくり歩いてゆく。目は見えなくても働かねばならないのだろう。

数ヶ月おきに定期検診に行く病院は高年齢の患者であふれ、こんなに体に重荷を持つ人は多いんだと見せつけられる。

私の高校時代からの友人は、よい歳になって不治の難病ALSにかかり、手足が動かせず言葉も発せない寝たきりになってしまった。しかし目で追うパソコンで活発な著作を続けている。

私七十七歳はおかげさまで特に持病もなく、毎日歩いて仕事場に向かい、夜帰って晩酌の日々だ。これをありがたく思わなければ申し訳ない。

世の中は公平にはできていない。であれば老境は、まわりに迷惑をかけずひっそりと最後を待つのが最低限の義務だ。

歳老いて盃を手にして思い出すのは昔の友達だ。男も女もいる。好きな人もいた。何十年ぶりかで連絡をとってみようか。いやしかし生きているだろうか。近況よりもまずそれを考える年齢になった。

自分のしてきたことも思い出す。あれが分かれ目だった、あのとき競った彼は今どうしているだろう。望みをかけてできなかったこともあるが、まあ実力がなかったんだから仕方がない。ある頃から、目標に固執《こしつ》するよりも、まわりが期待することに身をまかせ、そこで力を尽くすようにしたのはよかったのかもしれない。

自分はラッキーだった。今こうして飲めているんだから。そのラッキーは、まわりが作ってくれたという思いが歳とともに深くなり、自然に無口に盃を運ぶだけになる。

一番楽しかったことは何だろう。あれだ、あのときは躍り上がった。つらかったことは何だろう。あれだ、しかし泣かずに耐えた。耐えて強くなった。

時計が十二時をまわった。そろそろ寝なければ。机上を片づけて台所に運ぶ。洗うのは明日だ。歯をみがき、寝巻きに着替え、布団に入り、電灯を消すと真っ暗闇になった。死後の世界はこれかな。やがて眠りについた。

太田和彦（おおた・かずひこ）
1946年、北京で生まれ長野県松本市で育つ。デザイナー、作家。東京教育大学（現筑波大学）教育学部芸術学科卒業。資生堂宣伝部制作室のアートディレクターを経て独立し、「アマゾンデザイン」を設立。デザイン関連の受賞多数。2001～08年、東北芸術工科大学教授。本業のかたわら日本各地の居酒屋を訪ね、テレビ番組のナビゲーターとしても活躍している。
1990年に初となる著書『居酒屋大全』（講談社）を刊行。以後、多数著作を上梓。主な著書に『居酒屋百名山』『ニッポン居酒屋放浪記』（ともに新潮社）、『70歳、これからは湯豆腐』『75歳、油揚がある』（亜紀書房）、『家飲み大全』『一杯飲んで帰ります』（だいわ文庫）などがある。

本作品は当文庫のための書き下ろしです。
JASRAC 出2305646-301

だいわ文庫

人生《じんせい》を肴《さかな》に
ほろ酔《よ》い百話《ひゃくわ》

著者　太田《おおた》和彦《かずひこ》

二〇二三年九月一五日第一刷発行

発行者　佐藤　靖
発行所　大和《だいわ》書房
東京都文京区関口一―三三―四　〒一一二―〇〇一四
電話　〇三―三二〇三―四五一一

フォーマットデザイン　鈴木成一デザイン室
本文デザイン　横須賀　拓
本文イラスト　北林研二
本文印刷　厚徳社
カバー印刷　山一印刷
製本　ナショナル製本

ISBN978-4-479-32066-1
乱丁本・落丁本はお取り替えいたします。
https://www.daiwashobo.co.jp